KB274186

착한 사람을 보면 **눈물이** 난다

박병두 시인의 詩산책
착한 사람을 보면 눈물이 난다

찍은날 ∣ 2009년 12월 15일
펴낸날 ∣ 2009년 12월 20일

지은이 ∣ 박병두
펴낸이 ∣ 김태석
펴낸곳 ∣ (주)천년의시작
등록번호 ∣ 제300-2006-9호
등록일자 ∣ 2006년 1월 10일

주소 ∣ (우110-034) 서울시 종로구 창성동 158-2 2층
전화 ∣ 02-723-8668
팩스 ∣ 02-723-8630
홈페이지 ∣ www.poempoem.com
전자우편 ∣ poemsijak@hanmail.net

ⓒ박병두, 2009. printed in Seoul, Korea

ISBN 978-89-6021-112-4 03810

값 15,000원

박병두 시인의 詩산책

착한 사람을 보면 눈물이 난다

세상의 새장에 갇혀 있는 수많은 풍경들을 만난다. 사람들 사이에 외로움이 흐른다.
소통하는 법을 배우기보다는 내 안에 일어나는 높은 담장을 통감한다. 그 줄기 흐름을 풀기 위해 고단한 시간이 이렇게 스쳐 지나갔다.

아린 가슴 속으로 스며드는 힘겨운 시편들 속에서 가난한 사람과 슬픈 사람, 기쁨과 행복이 넘치는 사람, 가진 게 너무 많은 사람, 장애가 있는 사람들을 만나고 무겁기도 하고 가벼운 수많은 세상의 짐들을 짊어지고 걸어왔다. 시를 만나고 읽기를 되풀이하면서 내 어설픈 관조의 길이 그동안 길어지지 않았나 싶다.

지난 삶을 뒤돌아 볼수록 생각이 많아진다. 쉽게 내려 놓는 방법을 찾아야겠다. 좀 더 세상에 친절해야겠다는 생각을 한다.

경인일보에 연재한 시와 명상, 주말 詩산책, 독자와 함께 읽는 시를 묶어 세상 밖으로 다시 내보낸다.
시는 내게 위로가 되어 주었고, 치안 현장에서의 고단함을 살펴주었다. 행복했다. 고맙다.

어느덧 배구와의 인연도 20년이 흘렀다. 한국배구의 홍일점 감독으로 투혼과 열정을 지닌, 김은선 감독과 여자배구 국가대표팀 감독을 맡고 있는 류화석 감독에게 고마운 마음을 전한다.

사람과 사람 사이에서 지금쯤 깊은 시름과 통증을 앓고
있을 후배에게 이 시산책집이 작은 위로가 되었으면 하는
바람이다.

아울러 나의 시를 사랑해준 여러 배구 지도자와 선수들,
선수 가족들에게도 감사를 전한다. 모쪼록 고마운 마음과
함께 길 찾기 여행이 다시 시작되기를 소원해본다.

끝으로, 부족함이 많은 내 원고를 귀하게 받아주신 경인
일보사와 천년의시작 김태석 사장님과 여러분들에게도
고마움을 전하며, 수원의 문.사.모 친구들과 사랑하는 나
의 가족들을 비롯해 의젓한 군인으로 입대해 전역을 앞
둔, 맑고 착하게 잘 성장해준 조카 황주연에게 더 없이 고
맙다.

가야 할 길이 아주 멀다. 뜻이 이끄는 대로 먼 길을 뚜벅
뚜벅 걸어가야겠다.
아직 못 다한 언어와 소통하면서…

2009년 11월
늦가을 수원 화성행궁에서
박 병 두

II

박병두詩산책 착한 사람을 보면 눈물이 난다

III

IV

I

차창룡

김왕노

길상호

윤의섭

함성호

이진희

고 영

박해람

안명옥

박지웅

김윤배

이덕규

김준태

조정권

서정춘

촛불

모든 촛불은 하늘을 향해 타오른다

모든 촛불은 자신의 몸이 연료다

모든 촛불은 눈물을 흘리며 타오른다

모든 촛불은 나방이 달려들면 소리내어 울면서 몸부림
치다가 나방이 불타죽는 것을 어쩔 수 없이 바라보면서 다
시 타오른다

모든 촛불은 자신의 몸만큼만 타오른다

모든 촛불은 바람이 달려들면 죽은 듯 누웠다가 사람의
따뜻한 손과 종이컵의 힘을 빌리거나 마침내 바람에 익숙
해져 다시 일어선다

모든 촛불은 타오를수록 작아진다

모든 촛불은 결국 죽는다

모든 촛불은 그리하여 언제나 새로 태어난 촛불이다

차창룡

1966년 전남 곡성 출생. 1989년 『문학과사회』로 작품 활동 시작. 1994년 세계일보 신춘문에 평론 등단. 시집 『해가 지지 않는 쟁기질』 『미리 이별을 노래하다』 『나무 물고기』 『고시원은 괜찮아요』. 김수영문학상 수상.

　　촛불시위가 한창일 때 시인은 어디에 있었는가? 석가모니가, 죽은 어머니를 위해 도솔천에서 설법하고 내려온 땅 상카샤에서 묵으면서 상념에 빠져 있었던 것으로 보인다. 상카샤는 전기가 들어오지 않아 촛불을 켜야만 했고. 이미 문명에 길들여질 대로 길들여진 시인은 촛불의 약한 조도(照度)로는 책을 읽을 수 없으니, 마치 비번인 간호사처럼 행복해하며 이 시를 써내려간 것 같다.

　　상념이라는 게 본디 그렇지 않은가? 어둠의 소산이라는 것. 어둡지 않으면, 눈이 가려지지 않으면 상념이란 인간의 바깥에 빙빙 돌며 머물러 있을 뿐일 터이다. 어두워졌을 때 비로소, 상념은 인간의 머릿속으로 들어와 안개비처럼 스멀스멀 살아나는 것. 헌데 촛불이라니! 어둠과 대척되는 이 빛은 세상에 둘도 없는 초점이지 않을 수 없다.

　　육체라는 겉껍질 때문에, 결코 이 땅을 떠나지 못하는 게 시인이지만, 시는 이 땅 바깥 어딘가로 훨훨 여행을 할 수 있는 것이리라.

고향

자식이 빠져나간 자리가 상처가 되었다.

어머니는 상처의 집

그 안에 들어앉은 아버지가 늑대처럼 울었다.

1957년 경북 포항 출생. 1992년 매일신문 신춘문예 등단. 시집 『슬픔도 진화한다』 『말달리자 아버지』.
한국해양문학대상, 박인환문학상, 지리산문학상 등 수상. 글발 동인.

시인의 고향은 바닷가인 포항 영일만. 시인의 풀잎 같은 감성은 바다로부터 왔으리라. 바다가 가진 생명력을 떠내는 것이 시인이 공력을 들이는 작업일 것이다.

자식은 어미를 파먹는 염낭거미와 같아, 부모 곁에 머물던 자식이 떠난 자리는 허공으로도 메울 수 없는 크나큰 상처임을 이 짧은 시는 말해주고 있다. 자식이 떠난 자리를 상처처럼 껴안고 살아가는 것은 부모의 숙명.

그런데 우습다. 아버지는 어머니 속에 들어앉아 울고 있다. 늑대처럼 울고 있다. 그렇다면 어머니는, 상처의 집인 어머니는 늑대의 거처인가?

아마 그러할 것이다. 늑대의 거처인 어머니, 그 어머니는 상처로 이루어진, 상처뿐인 집일 것이다. 특별한 복을 타고 난 극소수의 사람을 예외로 한다면, 이 상처의 집 갖고 있지 않은 자 어디 있으며, 그 안에서 울리는 늑대의 울음소리 지니지 않은 자 어디 있겠는가?

그렇다면 고향이라는 상처의 집을 빠져나간 자식들은 무엇이 되었을까? 무엇이 되고 있을까? 그 답은 저 짧은 시 속에 들어 있다. 그 자식들 또한 상처의 집이 되어가고, 그 자식들 또한 늑대처럼 우는 아버지가 되어가는 것!

어미를 먹은 기억

고구마에 싹이 돋았다

물 한 방울 없는 자루 속

썩은 내 풍기는 저 무덤 속에서

새파랗게 싹은

잘도 자랐다

탯줄을 자르기 전

어미를 먹고 자라던 기억이

나에게도 있다

길상호

1973년 충남 논산 출생. 2001년 한국일보 신춘문예 등단. 시집 『오동나무 안에 잠들다』 『모르는 척』. 현대시동인상, 천상병시상 수상.

인연이라는 것은 서로에게 탯줄을 대고 자양분을 흡수하는 관계가 아닌가 싶다. 누구나 숱한 관계와 관계 속에서 살아가지만, 그 중 가장 숭고한 인연은 어머니와의 관계. 그렇지 않다고 말하고 싶은 사람은 나와 봐라. 손 들어 봐라. 이 관계가 숭고한 까닭은 어머니이기 때문이다. 어머니이기 때문에 숭고한 것이다. 이 밑도 끝도 없는 순환논리에 대해 논거를 들이대면서 틀렸다고 우기고 싶은 사람은, 그냥 참아주기 바란다. 세상의 일이란 논리대로 되지 않는 것도 있는 법.

서로에게 탯줄을 대고 자양분을 흡수하는 관계가 인연이라면, 어머니라는 자양분 덩어리는 이 '서로'라는 말을 무색케 한다. 어머니라는 존재와의 관계에서 자양분은 쌍방향으로 유통되지 않는다. 오로지 일방적이다. 한 방향으로 자양분이 흐르고, 그 흐름은 멈추는 적이 없고, 그 흐름이 역류하는 경우도 없다. 시인도 마찬가지다.

그 좋은 자양분을 먹고 자라난 시인, 그는 또 다른 누군가를 키워낼 자양분을 몸 속에 쌓고 있을 것이다. 그런데 시인이 지닌 자양분은 본디 그의 어머니의 일방향적 자양분으로 비롯된 것이므로, 독자인 우리가 전수받는 것은 시인의 어머니의 자양분이지 않을 수 없다.

세상에는 어머니들이 참 많다. 그 덕분에 세상은 망하지 않고 유지되는 것인지도 모른다.

국수집

말간 국수집 강릉 가는 길가에 갑자기 솟아난 섬처럼 놓
여 있는
국수나무 바람에 잠깐씩 깨어나는 마당 인적 없어도
한 방 가득 복작거리는 천지간 국수집
질긴 면발은 가장 낡은 지층에 뿌리를 내리고
하늘에선 국수비가 쏟아지는가
희뿌옇게 김 서린 유리창 너머
한 입 가득 국수를 머금은 채 웃고 있는 사람
덩그렇게 앉아 있는 하얀 소복 국수사리
곧 폭설이 몰아칠 것이다

여기 와서야 넋 놓고 겨울 진경을 보자 했구나
동지 석 달은 한 그릇 말아 벌써 먹어 치웠어
길이 끊기겠지
한 가닥 모질게 남은 면발이 아직 이어져 있는 것도 같아
선한 눈매가 지워지지 않은 얼굴이었다
오랜만이지

1986년 경기도 시흥 출생. 1994년 『문학과사회』 등단. 시집 『말괄량이 삐삐의 죽음』 『천국의 난민』 『붉은 달이 미친 듯이 궤도를 돈다』. 아주대학교 연구교수.

누가 어디 다녀왔냐길래
소스라치게 놀란다
바람이 한 꺼풀 걷혔지만 설산은 그대로였고
말간 국물에 한소끔 먹먹히 잠겨 있는 저녁나절

어딘가에 있을 법한 그들의 세상이, 다만 눈에 띄지 않을 뿐, 분명 존재하고 있을 거라는 믿음으로 살아가는 사람들이 있다. 어찌 보면 우리는 다 그런 족속들일지도 모른다. 없지만 있는 세계에 대한 그리움으로 살아가는 자.

그런데 그 세계는 신기루처럼 가끔 나타나고, 간절한 사람에게만 보인다. 더구나 그 세계는 현생이 아닌 만큼 우리와 이미 차원을 달리하는 자들의 세계인 것이다. 그렇지 않은가? 국수집은 하늘에 있는 것도 아니고, 땅에 있는 것도 아니고, 천지간, 그러니까 하늘과 땅 사이에 있다고 그러지 않는가? 그래서 그들은 소복을 입었다. 몇 년 전 유명을 달리한 이들, 그러면서도 행복한 이들.

국수는 예로부터 장수를 기원하는 음식이었다. 오늘도 그런 국수집에서 한 그릇 후루룩 들이키고 싶다. 그러고 보면 우리의 현생도 잘 말아놓은 국수 면발처럼 질기고 고스란하지 않은가. 보이는 것은 모두가 아름답다. 보이지 않으면서 보이는 것은 더 아름답다.

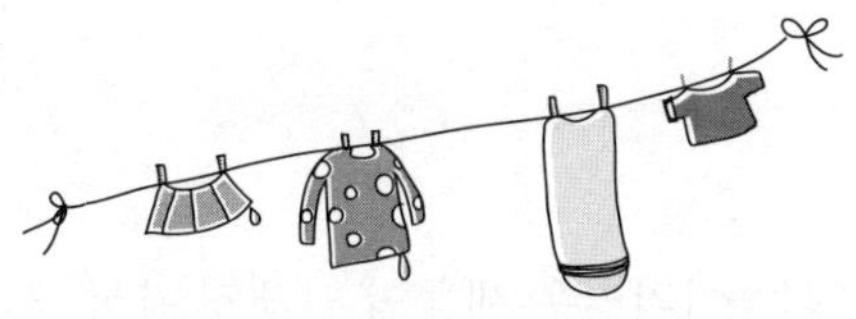

20⁺21

얼음호수 쪽으로

하늘엔

지워지지 않는 어지러운 새들의 날갯짓 자국

―별들의 짙은 속눈썹과

세상의 강과 바다엔

환상의 계곡으로 헤엄쳐 간

회유성 물고기들의 안간힘 그

―불멸의 무늬들과?

이단의 경전이 독송되는

금요일 저녁의 황혼―, 불가능한 말들의 괴로움과 필멸
의 죽음으로

백색의 차가운 욕망들이 잠들어 있는

나는 현기증과 전멸의 언덕을 넘어

장미의 곁을 떠날 수 없는 종달새와

황무지에서 노래하는 올빼미와 함께

―얼음호수 쪽으로

―얼음호수 쪽으로

함성호

1963년 강원도 속초 출생. 강원대 건축과 졸업. 1990년 『문학과사회』 등단. 시집 『성 타지마할』 『너무
아름다운 병』 등. 현대시작품상 수상.

시가 갈피를 잡지 못하고, 시인의 의지가 아니라 시의 의지로 이리저리 제멋대로 방향을 틀어버려 오히려 시인이 정신을 못 차릴 때가 있다?

그럴 때 시인은 시를 쓰는 것이 아니라 시가 시인을 쓰고 있다는 느낌이 든다? 정작 좋은 시는 시인이 끙끙거리며 억지로 산출하는 것이 아니라, 시가 시인의 정수리에서 발바닥까지 관통해버린다는 얘기가 있다. 시인이 시를 쓰는 게 아니라 시가 시인의 몸을 빌려 세상에 탄생하는 것.

그렇다면 시인이 할 일이란 무엇인가? 기다림뿐이지 않겠는가? 좋은 시가 자기 몸을 빌려 세상 밖으로 꿈틀꿈틀 기어 나오게 하는 것 아니겠는가? 그 기다림이 아니라면, 아직은 탄생하지 못한 좋은 시가 자기 몸 속으로 흘러 들어오게 하는 것, 그 탈취 내지는 절도 아니겠는가? 그러므로 좋은 시인이란 좋은 탈취범, 좋은 절도범일지도 모른다. 아마 그럴 것이다.

위의 시는 그 좋은 범인(犯人) 한 사람을 생각게 한다.

엄마는 얼룩소

엄마를 졸라 소풍을 가자

걸레를 깃발처럼 휘두르며 달리자

햇빛에도

공기에도

풀잎에도

닦아낼 얼룩이 없는 날, 믿을 수 없는 그런 날을 위하여

엄마는 얼룩소지만 엄마처럼은 싫으니까

걸레를 스카프처럼 목에 두르자

카펫처럼 부드러운 엉겅퀴 꽃밭에서 데굴데굴 구르자

엎어진 밥상, 부서진 창틀, 피 묻은 벽지

둘둘 뭉쳐 차고 놀자

울기만 하는 엄마를 닦아주자

엄마는 얼룩소여서

눈물로 얼룩진 아이를 낳았지만 아이는

지구보다 크고 푸르러 엄마가 얼룩소라는 걸 알기 전까지

이진희

한신대학교 문예창작학과 및 동 대학원 졸업. 2006년 『문학수첩』 등단.

바람처럼 날쌘 팔다리로 뛰놀았고

들판처럼 투명한 눈으로 저녁이 오는 걸 바라보았었지

오, 영원한 얼룩

오, 행복한 얼룩

오, 즐거운 얼룩

예—*

엄마는 얼룩소지만 얼룩소 엄마는 싫으니까

이제라도 새벽까지 엄마와 놀자

반짝이는 이슬이 맺힌 온몸으로

바람보다 날쌔게

들판보다 넉넉하게 엄마를 끌어안자

*나미의 노래 〈영원한 친구〉를 빌려 씀

철부지 딸에게 엄마는 몸뚱이 큰 어른일 뿐이다. 딸은 엄마에게, 어른이 왜 그러고 사냐고 푸념하기 일쑤다. 어머니는 강하다지만 엄마 역시 연약해서 쉽게 상처 입는 존재. 철부지였던 딸이 머리가 아닌 가슴으로 그것을 깨달았다는 것은 비로소 철이 들었다는 얘기일 터. 철들었다는 것은 순수함을 잃어버린 것이기도 하기에 가슴 아픈 일이지만 바람직하다. 엄마의 상처를 와락 끌어안게 되므로, 그 순간 자신의 상처까지 치유할 힘이 생겼을 것이므로.

그래서 딸은 엄마와 소풍가고 싶다. 딸에게 엄마는 어머니이자 엄마이자 친구이자 미래에 자신이 낳을 딸이다. 그러므로 얼룩소 딸들이여, 얼룩소 엄마와 소풍을 가자. 깃발처럼 들었던 걸레는 이제 버리고, 스카프처럼 목에 둘렀던 걸레도 이제 버리고, 얼룩투성이인 엄마와 딸, 그 얼룩 누구도 지울 수 없으므로, 얼룩인 채로, 얼룩소인 채로, 힘센 세상을 견디어내야 하는 것 아니겠는가?

박병두 詩 산책 착한 사람을 보면 눈물이 난다

음복(飮福)

선산 가는 길
가는 비 내린다

길 옆 하얀 찔레꽃
백자 잔에
빗물이 고여 있다

잔을 따서
물을 따라 마신다

고영

1966년 경기 안양 출생, 부산에서 성장. 2003년 『현대시』 등단. 시집 『산복도로에 쪽배가 떴다』 『너라는 벼락을 맞았다』.

아직도 늦더위가 남아 있는가? 더위는 이제 물러났다고, 떠났다고 선언할 수도 있으리라. 추석(秋夕)이라 하지 않던가? 직역하면 '가을 저녁'이 된다. 가을 저녁이므로 이건 여름이 아니고, 더위가 남아 있을 턱이 없다. 그런데 추석은, 그저 가을 저녁일 수만은 없다. 우리네에게 추석은 아주 특별한 가을 저녁이기 때문이다. 오천만에 다다르는 인구는 마음 속에 경건의 의미를 한둘쯤 지니지 않을 수 없을 것이다. 귀성길은 또 북새통을 이룰 것이다. 성묘가 즐거운 고통이듯이 시를 읽는 일에도 즐거운 고통이 따르기 마련이다.

하, 읽어보라. 시인의 눈이란 바로 저런 것을 두고 하는 말이리라. 부슬부슬 비가 내리는, 선산 가는 길에서 시인은 물을 머금고 있는 찔레꽃을 보고 백자 잔을 떠올리고, 그 잔을, 아니 그 꽃을, 따서 마신다. 꽃을 마시는 게 아니라 꽃 안에 든 빗물을, 고여 있는 빗물을 마신다. 이거 가히 신선 아닌가? 하지만 신선은 아니다. 음복을 하고 있지 않은가? 복을 마시고 있지 않은가?

선산 가면서, 복을 마시는 행위, 그것도 우주가 만들어낸 복을 우주의 그릇으로 마시는 행위, 어흐 이거 대단하다.

사탕처럼 천천히 녹는 여름

손가락 끝에서 먼저 물드는 것들, 충분한 염료가 여름 내
내 펄펄 끓고 있다
깊어서 닿자마자 물드는 색
여름이 모든 열매들을 입안에 넣고 우물거린다

후두둑, 진한 색깔들이 익어가고 있다

모든 열매들은
그 몸의 팔랑거리는 그늘 색을 닮아간다
뽕나무는 제 그늘을 닮아가려 했을 것이다
검고 붉고 푸른 것들이 매달려
검게 바람을 익히고 있다

누구나 제 그늘을 한 번쯤 내려다 본다
그러다 후두둑 떨어져 내리는 지경이 되어서야
제 색깔을 알아차린다
물들어 가는 시간

박해람

1998년 『문학사상』 등단. 시집 『낡은 침대의 배후가 되어가는 사내』.

한차례 다 털어낸 색깔들
스스스 흔들려 올려다보는 뽕나무

진하게 익었다는 색
가장 끝과 닮았다는 색
올려다보는 이 한 몸과
먼저 깊어가는 생각의 끝이 물들어 가고 있다

물들어 가고자 하는 것들 단맛에 취해 호들갑이다
사탕처럼 천천히 녹아
꿀꺽, 해보지도 못한 한 생이 넘어 간다
엄살은 오디처럼 검은 색이다

가을의 정취처럼 온갖 달고 시원한 과일들이 쏟아져 나온다. 그 과육들이 다 떨어지고 나면 여름의 달콤한 시간들은 다시 되돌아오지 않을 먼 곳으로 사라질 것이다. 삶도 그렇다. 어느 것 하나도 쓸쓸히 사라지지 않는 것이 없다. 사탕 하나를 입안에 넣고 우물거리다 보면 혀 위에 남는 것은 아무것도 없는 것처럼, 시절은 점점 나를 녹이기만 할 뿐. 그러나 어이하리. 녹으면서 녹으면서 우리는 살아가는 것. 눈에 보이지 않게 조금씩 매우 조금씩 녹아, 마침내는 혀 속에서 사라진 사탕처럼 우리도 언젠가는 소멸의 시간 속으로 들어갈 것이다. 그걸 누가 거부할 수 있으랴. 여러분들의 생은 어떻습니까? 지금 달콤하십니까? 달콤함은 맨 마지막 맛이랍니다.

나는 날마다 나를 반죽한다

뜨거운 빵틀 위에서 구워져 나오는
말랑말랑한 하루

불룩불룩 부풀어 오르는
내 안의 빵들

생각은 쉽게 구워지지 않는다
시커멓게 타버리거나
딱딱하게 굳은 채
쓰레기통에 처박히던 날들

언젠가 빵은
제 안의 형식을 허물어
수많은 내용을 세상에
풀어놓을 것이다

늘 배고픈 당신을 위해

안명옥

2002년 『시와시학』 등단. 시집 『소서노』 『칼』.

오늘도 나는 날마다
나를 반죽한다.

사랑은 희생이다. 자신의 삶을 자신의 하루를 반죽해 빵으로 구워 당신을 위해 바치는 행위는 너무 감동적이다. 그것은 어머니의 모습이다. 거기에는 어머니의 마음결이 그대로 드러나 있다. 헌데 그 빵은 물질적 빵이 아니다. 생각을 구워 만들어내는 빵이다. 그 빵은 배고픔을 해결하기 위한 '먹이'가 아니라, 정신을 살찌우는 빵. 그래서 그 빵은 배고픔과는 상관이 없다. 정신의 갈증, 결핍, 가난을 이기게 해주는 빵이지 않을 수 없다. 그런데 그 빵은 제 안의 형식을 허물어 수많은 내용을 세상에 풀어 놓는다. 그 행위는 슬프기까지 하다. 늘 허기진, 정신적으로 허기진 당신을 위해 형식을, 나의 모든 꿈을 접어버리는 시인의 정신은 정녕 빵을 닮을 듯하다.

이 골목은 중력이 크다

가파른 골목은 무겁다

걸음을 멈추어야 등에서 내려서는

이 골목은 중력이 크다

사내를 이 밑바닥으로 끌어당기는 힘,

산동네 이 골목에는

주로 빨다 버린 사탕 같은 달이 뜬다

그런 달과 골목이 만든 그늘 위에

제라늄이 있다, 싸구려 머리핀 같은

꽃을 키우는 아랫방 여자,

보름에 한 번씩 모습을 감추었다 돌아오면

어김없이 물소리가 들렸다

그 계집 입에서 달 꺼내는 소리,

귀는 고깃덩이처럼 어두운 골목에 떨어져

계집이 달 씻는 소리를 들었다

겨우 뼈만 남은 달을 쥐고 웃는 여자

살이 오르면 누군가 또 베어가기 때문이다

그 날은 분명, 그믐밤이었다.

박지웅

2004년 『시와사상』 신인상, 2005년 문화일보 신춘문예 등단. 시집 『너의 반은 꽃이다』.

　시인은 달동네의 추억이 깊은 것 같다. 세상에는 아직 달동네가 많다. 달동네가 아직은 이렇게 많으니, 달은 덜 외로울 게다. 달동네마저 없다면 달, 얼마나 외로울 것인가?

　달동네, 오르막길을 만나면 허리가 자연스레 굽혀진다. 땅은 이마를 향해 떠오른다. 골목을 등에 업고 집으로 돌아가는 저녁, 라일락나무가 서 있는 계단 위에서 돌아보는 달은 아름다울 것이다.

　저녁을 먹은 뒤, 아내의 손을 잡고 골목을 거닌다. 뼈만 남았던 달이 백도처럼 부풀어 오른 밤. 여기는 꼭대기. 꼭대기에 있으므로 중력은 더 이상 느껴지지 않는다. 꼭대기에는 허리를 굽힐 필요가 없다. 꼭대기에서는 이마와 땅이 가깝지 않다. 온전한 직립. 문명인의 자세를 되찾는다. 하지만 문명 따위는 또 무엇이랴. 중요한 것은 직립이 아니라 중력의 무게가 저 아래보다 훨씬 작아졌다는 것 아니겠는가? 저 달이 중력을 빨아들이고 있지 않은가? 그래서 달이 가까이 보이는 이곳 살 만한 세상 아니겠는가? 이만하면 괜찮은 인생 아니겠는가.

혹독한 기다림 위에 있다

소금밭으로 변한 호수 위에 내가 섰다

수심 깊이 숨어 있던 그리움들의

부활, 너와 나를 종단하던 시간이

순장의 수수만년을 기다려

수정의 모습으로 솟아오르는 현장

흰 소금의 결정으로 부활하는 시간 속에

네가 없다 소멸 위에 꽃 핀

참혹한 시간이 있을 뿐

대지는 마지막 한 방울의

물이 스며들기를 기다려

네게로 가는 길을 냈을 거다

시간이 작은 수정의 모습으로 부활하기를

기다렸던 거다 기다림이란 저런 거다

죽은 시간 위에 소금의 결정으로 부활하는 사랑

나는 지금 그 혹독한 기다림 위에 있다

김윤배

충북 청주 출생. 1986년 『세계의문학』으로 창작 활동 시작. 시집 『떠돌이의 노래』 『강 깊은 당신 편지』 『굴욕은 아름답다』 『부론에서 길을 잃다』 『혹독한 기다림 위에 있다』 『사당 바우덕이』 등.

　몽골의 거대한 호수가 사막 위에 놓여 말라갔다. 호수의 물이 마르며 그 자리에 소금꽃이 피었다. 소금꽃은 수수만년을 기다려온 그리움의 상징이었다. 그래서 소금꽃은 부활한 그리움이 된다. 그리움이 부활하다니? 이건 무슨 말인가? 부활할 게 따로 있지. 하필이면 그리움 따위가 부활하다니!

　그런데 그러지 말라는 법 있던가? 그리움이라고 부활하지 말라는 법 있던가? 아니, 아니, 그리움이야말로 결정체되어 부활할 만한 넉넉한 자격 있는 거 아닌가?

　그리움의 소금꽃 피어오른다 해서 사랑이, 목숨처럼 소중한 것들이 그곳에 현현하는 것은 아니니라. 가슴을 치게 하는 것은 언제나 부재하는 현존의 아픔이다. 그렇다 하더라도 기다림은 오랜 숙명이다. 기다림이란 그처럼 혹독한 것이어서 함께한 모든 시간들이 소멸 위에 놓인다 하더라도 기다릴 수밖에 없는 것이다. 기다림은 곧 삶의 본질이며 존재의 원형질이다. 그렇기 때문에 인내하며 살아갈 수 있는 것 아닌가?

한식(寒食)

설악산 오색약수터 한참 지나 인적 드문 계곡 깊숙한 바
위틈에서 보았다, 4월의 짓무른 흰 눈 한 무더기

진즉에 식량이 바닥난 헐벗은 겨울 산중의 누더기 잔설
들이 산그늘 쪽으로 밀리고 밀리어 항복하듯 백기를 내걸
었다가

아니다, 아니다,

다시 돌아선 희끗한 목숨 몇몇이 골짜기를 따라 쫓기듯
숨어들어와 함께 나누어 먹다 두고 간, 동무의

허벅살 두어 근

이덕규

경기 화성 출생. 1998년 『현대시학』 등단. 시집 『다국적 구름공장 안을 엿보다』 『밥그릇 경전』.

눈의 흰빛은 지상에 내려와 그리 오래 머물지 않는다. 마치 길을 잘 못 들어 몸을 더럽힌 처녀의 비장한 자결처럼 사라진다. 그러나 산그늘 쪽에 끝까지 버티며 더러운 세상의 고결한 상징인 양 빛나는 잔설들이 있다.

그해 봄 바위틈에서 내가 본 마지막 잔설은 메마른 겨울 산에서 굶주리고 굶주렸으나, 지상의 양식만은 먹지 않겠다는 고고한 의지의 순수 몇몇이 남긴 치열한 생존의 흔적으로 읽힌다.

의식이 희미해져가는 제 동무의 허벅살을 먹다가 골짜기 위쪽으로 감쪽같이 사라진 푸른 하늘을 넋 놓고 바라보는 시인의 마음이 숙연해졌던 것 같다. 과연 돌아간 그들은 무슨 얘기를 했을까, 지금 이 땅을 어떻게 기억하고 있을까, 그것이 바로 이 땅에 남기고 싶은 메시지가 아니었을까.

돌아간 자들은 자랑스럽지 않다. 허나! 여기 남아 있는 자들은?

참깨를 털면서

김준태

산그늘 내린 밭 귀퉁이에서 할머니와 참깨를 턴다.

보아하니 할머니는 슬슬 막대기질을 하지만

어두워지기 전에 집으로 돌아가고 싶은 젊은 나는

한 번을 내리치는 데도 힘을 더한다.

세상사에는 흔히 맛보기가 어려운 쾌감이

참깨를 털어대는 일엔 희한하게 있는 것 같다.

한 번을 내리쳐도 셀 수 없이

솨아솨아 쏟아지는 무수한 흰 알맹이들

도시에서 십 년을 가차이 살아본 나로선

기가막히게 신나는 일인지라

휘파람을 불어가며 몇 다발이고 연이어 털어댄다.

사람도 아무 곳에나 한 번만 기분좋게 내리치면

참깨처럼 솨아솨아 쏟아지는 것들이

얼마든지 있을 거라고 생각하며 정신없이 털다가

"아가, 모가지까지 털어져선 안 되느니라"

할머니의 가엾어하는 꾸중을 듣기도 했다

1948년 전남 해남 출생. 1969년 『시인』으로 작품 활동 시작. 시집 『참깨를 털면서』 『국밥과 희망』 『불이나 꽃이냐』 『지평선에 서서』 등. 조선대학교 초빙교수.

　이 시는 김준태 시인의 데뷔작이다. 밭에서 할머니와 '도시에서 십 년을 가까이 살아본 나'가 참깨를 털고 있다. 할머니는 깻단을 슬슬 막대기질 하지만, '나'는 산그늘이 내려 날이 어둑어둑해지자 조바심을 낸다. 명령하듯 깻단을 한 번 내리치면 복종하듯 솨아솨아 쏟아지는 깨알들이 기막히게 신기하고, 신이 난다. 그예 모가지까지 털다가 꾸중을 듣는다. 목숨 가진 것에 대한 조금의 외경도 포용도 없이 무턱대고 털어대는 쾌감에 정신이 없으니 왜 혼나지 않겠는가. 이 시를 읽으면서, 참깨를 털며 한 차례 꾸중을 듣고 싶어진다. 참깨를 터는 사소한 행위를 통해 삶에서 중요한 게 무엇인지 진지하게 묻는 행위를 발견하게 된다. 참깨농사뿐만 아니라 사람농사까지 원융(圓融)하게 지어온 그 할머니로부터 꺼끌꺼끌한 사투리로 꾸중을 듣고 싶어진다.

벼랑 끝

그대 보고 싶은 마음 죽이려고

산골로 찾아갔더니 때 아닌

단풍 같은 눈만 한없이 내려

마음 속 캄캄한 자물쇠로

점점 더 한밤중을 느꼈습니다

벼랑끝만

바라보며 걸었습니다

가다가 꽃을 만나면

마음은

꽃망울 속으로 가라앉아

재와 함께 섞이고

벼랑끝만 바라보며 걸었습니다

조정권

1949년 서울 출생. 1970년 『현대시학』 등단. 시집 『비를 바라보는 일곱 가지 마음의 형태』 『허심송』 『산정묘시』 『신성한 숲』 『떠도는 몸들』 등. 녹원문학상, 한국시협상, 김수영문학상, 소월시문학상, 현대문학상, 김달진문학상 수상.

이것은, 벼랑 끝도 두렵지 않은 열정적 사랑과 그로 인한 회의와 절망감이 북합된 격조 있는 연시 아니겠는가. 벼랑 끝, 사랑에 빠져 있는 이들의 마음의 속주머니에 숨겨두는 일들이 어제오늘이 아니겠지만 지나가는 모든 것들이 사랑으로 만나고 헤어져 있음을 간과해서는 안 되겠다. 마음을 죽인다는 게 그리 쉬운 일이라면 세상에 고민할 사람은 하나도 없을 것이다. 이 세상에 만나야 할 사람이 많다. 하지만 만나지 못하고 영영 헤어지는 일은 더 많다. 그렇더라도, 잊혀져가는 사랑의 추억만큼은 간직할수록 아름답지만, 머물다 만 일들이라면 더 늦기 전에 사랑을 찾아 길을 나서야 한다. 그 길이 벼랑 끝으로 만나더라도 말이다.

죽편(竹篇) 1

여기서부터, — 멀다
칸칸마다 밤이 깊은
푸른 기차를 타고
대꽃이 피는 마을까지
백년이 걸린다

서정춘

1968년 신아일보 신춘문예 등단. 시집 『봄 파르티잔』 『죽편』 『귀』 등.

이 시는 이상하게도 깊은 산사를 떠오르게 한다. 한적한 산사에서 과거와 현재를 넘나드는…… 그냥 몸을 맡기고 시인의 리듬을 따라가면, 시인은 입가의 엷은 미소를 띠게 하고 낙관적인 공간으로 이끌고 간다. 시인의 정갈하면서도 곰삭은 언어들은 허접쓰레기 같은 사유의 개입을 일절 허용하지 않는다. 빈틈이 없다.

자, 그런데 푸른 기차이다. 게다가 밤이지 않은가. 밤기차. 목적지는 어디인가? 대꽃이 피는 마을이란다. 헌데, 무슨 놈의 기차가 백년씩이나 달릴까.

달리는 밤기차의 유리창과 대나무의 푸른 마디, 마디를 떠올리는 일은 어렵지 않을 것이다. 삶의 긴 역정을 간명하게, 산뜻하게, 그러나 까마득하게 깊게 인도하고 있어 착잡한 마음 일지 않을 수 없다. 아, 백년이 걸리는 여행이라면, 도시락 챙겨, 한 번 떠나볼 만하지 않을까?

II

신경림

신혜경

김춘수

함민복

송재학

권오영

곽재구

박설희

최홍걸

안도현

정호승

기형도

강미정

최광임

김행숙

장종권

조찬용

파장(罷場)

못난 놈들은 서로 얼굴만 봐도 흥겹다.

이발소 앞에 서서 참외를 깎고

목로에 앉아 막걸리를 들이키면

모두들 한결같이 친구 같은 얼굴들

호남의 가뭄 얘기 조합 빚 얘기

약장사 기타 소리에 발장단을 치다 보면

왜 이렇게 자꾸만 서울이 그리워지나

어디를 들어가 섰다라도 벌일까

주머니를 털어 색시집에라도 갈까

학교 마당에들 모여 소주에 오징어를 찢다

어느새 긴 여름 해도 저물어

고무신 한 켤레 또는 조기 한 마리 들고

달이 환한 마찻길을 절뚝이는 파장

신경림

1935년 충북 충주 출생. 1955년 『문학예술』 등단. 시집 『農舞』 『새재』 『가난한 사랑 노래』 『어머니와 할머니의 실루엣』 등. 만해문학상, 이산문학상, 대산문학상 등 수상.

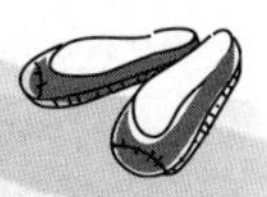

　신경림은 거대한 봉우리이다. 그가 수십 년 전에 '못난 놈들은 서로 얼굴만 봐도 즐겁다'라고 떠억하니 노래했을 때, 이 땅의 수많은 '못난 놈들'은 서로 얼굴을 마주보며 얼마나 즐거워했는가? 그 한 줄의 시행을 선사받음으로써, 그들은 일거에 못난 얼굴들을 씻고 아득히 사라져가던 시민권을 삶의 한복판에 당당하게 끌어들일 수 있었던 것이다.

　쇠락해가는 것들 사이에서, '고무신 한 켤레 또는 조기 한 마리 들고' 팍팍한 삶을 지탱할 수밖에 없었던 저 '못난 놈들'은 바로 이 땅을 굳건하게 지켜온 이웃들이었지 않았는가. 그들이 흘린 땀은 거름이 되어 썩지 않았던가.

　비록 '달빛 환한 마찻길을' 절뚝거리며 걸었지만 그들이야말로 주인이었던 것이다. 기둥이었던 것이다. 신경림이 거대한 봉우리인 까닭은 바로 거기에 있다. 못난 놈들이 기둥임을 알아챈 시인은 신경림밖에 없다.

치술령[*] 望夫石

기다리는 것은 오직 한 곳을 바라보는 일이네 그립다는
말은 바람 부는 언덕에 홀로 서 있다는 이야기 변함없이
사랑하는 일은 심장이 돌처럼 단단해져 끝내

   바위가 되는 것이네

   변치 않겠다 약속한 그 말은

   내가 돌이 될 수도 있다는 이야기

   당신을 사랑하는 일은 무섭고도 독한 일이네

*치술령 : 신라 충신 박제상의 아내가 남편을 기다리다 돌이 되었다는

신혜경

1963년 경남 거창 출생. 2003년 『문학수첩』 등단.

기다림이라는 것에 대해 아시는지? 아신다면 얼마나 아시는지? 기다림이 과연 무엇인지 아시는지? 기다림에는 이유가 없다는 것도 아시는지? 기다리지 않으면, 끝이 없는 줄 알면서도 기다림밖에는 아무것도 할 수 없는 마음에 대해서 아시는지?

저 시는 그런 질문을 연속적으로 내놓고 있지 않은가? 기다림이란 한 곳을 바라보는 일이라고 시인이 노래할 때, 그렇게 정의할 때, 그게 과연 정의일 따름이겠는가? 숱한 질문들, 그러니까 기다림과 관련된 숱하디 숱한 질문을 그 뒤에 매달고 있는 것 아니겠는가? 그러므로 저 정의는 정의의 탈을 쓴 무수한 질문들의 연쇄일 뿐이겠다.

돌이 된 인간에 대해서 아시는지? 인간의 돌됨이란 무엇을 의미하는지 아시는지? 돌의 응축에 대해, 돌이 된 사랑에 대해 아시는지? 라고 저 시는 또 질문하고 있지 않은가? 웬 질문이 그토록 많담! 하지만 어쩌랴. 돌이 된 인간의 경외 앞에서 우리는 무엇을 할 수 있겠는가? 다만 질문할 따름 아니겠는가?

질문만 할 뿐, 끝내 대답을 얻을 수는 없겠지만

샤갈의 마을에 내리는 눈

1922년 출생. 1946년 해방 1주년 기념시화집 『날개』에 시 「애가(哀歌)」를 발표하며 작품 활동 시작. 시집 『김춘수 시집』 『늪』 『꽃의 소묘』 『처용 이후』 『거울 천사』 등.

샤갈의 마을에는 삼월에 눈이 온다.

봄을 바라고 섰는 사나이의 관자놀이에

새로 돋은 정맥이

바르르 떤다.

바르르 떠는 사나이의 관자놀이에

새로 돋은 정맥을 어루만지며

눈은 수천수만의 날개를 달고

하늘에서 내려와 샤갈의 마을의

지붕과 굴뚝을 덮는다.

삼월에 눈이 오면

샤갈의 마을의 쥐똥만한 겨울 열매들은

다시 올리브빛으로 물이 들고

밤에 아낙들은

그해의 제일 아름다운 불을

아궁이에 지핀다.

  '샤갈의 눈 내리는 마을'은 잘 알려진 대로 러시아의 '비테브스크'라는 곳이다.

  유태인들의 빈민촌에 지나지 않은 판잣집과 가난한 거리, 성당의 종탑들이 높이 솟은 곳…… 비테브스크는 마르크 샤갈에게 꿈과도 같은 곳이었으리라. 샤갈은 불행하게도 그토록 애정 어린 고향 마을을 떠나 삶의 대부분을 프랑스에서 살았다. 샤갈의 눈 내리는 마을, 비테브스크는 제2차 세계 대전 중 많은 곳이 파괴되었는데 샤갈이 멀리 타향에서 그 사실을 얼마나 안타까워했을지, 짐작이 간다. 샤갈이 프랑스에서 눈 내리는 마을, 자신의 고향 비테브스크를 얼마나 그리워했는가는 뉴욕의 한 신문에 실린 '내 고향 비테브스크'라는 편지에 애절하게 표현되어 있다.

  김춘수 시인 지금은 이 땅에 계시지 않지만 그의 시 영혼은 늘 우리와 함께하고 있다. 김춘수 시인의 시에서는 정말 만나기 어려운 인간의 풋풋한 인정이 넘치고 사람 냄새가 난다. 특히 시의 끝부분에서 따뜻한 향기가 오래도록 사람의 가슴을 감싸고 있다.

긍정적인 밥

시(詩) 한 편에 삼만 원이면

너무 박하다 싶다가도

쌀이 두 말인데 생각하면

금방 마음이 따뜻한 밥이 되네

시집 한 권에 삼천 원이면

든 공에 비해 헐하다 싶다가도

국밥이 한 그릇인데

내 시집이 국밥 한 그릇만큼

사람들 가슴을 따뜻하게 덮여줄 수 있을까

생각하면 아직 멀기만 하네

시집이 한 권 팔리면

내게 삼백 원이 돌아온다

박리다 싶다가도

굵은 소금이 한 됫박인데 생각하면

푸른 바다처럼 상할 마음 하나 없네

함민복

1962년 충북 출생. 1988년 『세계의문학』 등단. 시집 『우울氏의 一日』 『자본주의의 약속』 『모든 경계에는 꽃이 핀다』 등. 산문집 『눈물은 왜 짠가』 『길들은 다 일가친척이다』 등.

시인들이 언제는 시를 쓰면서 돈을 생각했을까? 돈을 생각하며 시를 썼을까? 어디 시인뿐인가 작가들도 그렇지 않은가? 시를 업으로 삼아 사는 시인에게는 모처럼 들어온 원고료, 짭짤한 눈물이 되었나보다. 십 년 전이나 이십 년 전이나 지금이나, 시인들의 원고료는 박하기 그지없다.

이 소박한 시에 정신의 밥 한 그릇과 가슴을 데워주는 따뜻한 국밥 한 그릇이 들어 있지 않은가. 그런데 나는 삶도 바다도 만나지 못하면서 허우적거리는 부끄러운 몸으로 가끔 거리를 걷는다. 부끄럽지 않은가. 누군가에게 쌀 한 말, 국밥 한 그릇, 소금 한 됫박이 되어준다는 것은 얼마나 힘든 일인가. 더 많은 욕망을 가지고 있는 것은 아닌지 모를 일이다. 누군가에게 한 그릇의 국밥이나 한 됫박의 소금이 되었던 일은 기나긴 시간 동안 잊지 못할 추억이 된다.

이상하게도, 가난한 사람들의 시는 항상 이렇게 부자 같다. 강화도의 서해 갯바람과 갈매기와 뻘 냄새 속에서 시인은, '섬 시(詩)' 명편들을 낳고 있다. 강화도의 사물들을 깊게 만난 후 들려주는 시인의 음성은 떨리는 듯도 하다. 때론 시 쓰는 아픔이 들려온다.

풀잎

풀잎 앞에 쓰러져

울어 준 것들만의 힘으로

풀잎이 초록은 아니다

풀잎이 가진 초록이란

일생을 달리고도

벗어날 수 없는 오랑캐 들판

그 넓이만큼

죽음이나 여름을 만난다.

풀잎은 지는 해를 위해

수평선의 고요를 아꼈던 것

초록이 운명에 휩쓸릴 때

초록은 그곳까지 한달음에

도착하기도 한다.

풀잎 속이라면

초록은 일제히 일어나야 할

때를 알고 있다.

1956년 경북 영천 출생. 1986년 『세계의문학』 등단. 시집 『얼음시집』 『진흙 얼굴』 등. 산문집 『풍경의 비밀』. 김달진문학상, 소월시문학상 수상.

시인은 '풀잎은 지는 해를 위해/수평선의 고요를 아꼈던 것' 이라고 했다. 하! 이건 놀랍지 않은가. 풀잎이 지는 해를 위하다니! 수평선의 고요를 아끼다니!

시인은 또 이렇게도 노래했다. '풀잎 속이라면/초록은 일제히 일어나야 할/때를 알고 있다'고. 어허! 이건 또 얼마나 거룩한가?

풀잎과 초록이 이토록 위엄이 넘치고 거룩한 적 있었던가? 풀잎에 대하여, 초록에 대하여 우리는 고작 작고 사랑스러운 것 정도로만, 생기 넘치는 어떤 것으로만 알고 있지 않았던가? 하지만 이 시에서 우리는 존엄적 가치를 획득한 풀잎과 초록을 만나게 된다.

인간인 우리는, 풀잎도 초록도 개미도 메뚜기도 인정해주지 않았는데, 스스로 존엄하다고 뻐겨왔지만, 과연 우리는 누구에게 감히 존엄하다고 이야기할 수 있는가? 물어보라, 풀잎에게 물어보라, 초록에게 물어보라. 그들에게 우리 과연 존엄하냐고, 겸손하게 물어보라.

오리

꿈속에서 내 눈은 애꾸었다

거울을 들여다보고 있었는데
왼쪽 눈이 흰자위도 없이 까맸다
오리 눈이었다 순간, 겁이 났다
그 구멍을 비벼댔다
아프지 않았다 문질러 보았다
구멍 속에서 누군가 낚아챘다
발목을 비틀고 팔목을 우드득, 목을
머리채를 감아쥔 채 들어갔다
순식간에 눈알까지도 빨려 들어갔다
모르겠다
그 곳에 누가 숨어 살고 있는지
그 곳이 어디인지
비명을 지를 시간도 없었다

새벽 저수지

권오영

2008년 『시와반시』 등단.

수면은 튼튼한 이빨과 심장을 가지고 있다

속이 보이지 않는 수면 위로 하늘이 주저앉고 있다

머뭇거림도 없이 내려앉는 것들

실처럼 풀어져 있는 전깃줄

그 위로 달려가는 자동차 지붕

어느 곳에 있다가 나왔는지 오리들

그것들 허겁지겁 쪼아 먹고 있다

무엇이었을까, 이토록 갑갑한 느낌이 들게 하는 것은? 무엇이 '비명을 지를 시간도 없'도록 만들었을까? '발목을 비틀고 팔목을 우드득, 목을/머리채를 감아' 쥐는 것은 무엇이었을까?

꿈과 현실은 서로 경계를 지워버렸다. 그것들은 나란히 물 먹은 스펀지처럼 무의식 속으로 스며들고 있다. 자본주의, 우리가 살고 있는 세상의 표정. 그 뻔뻔한 표정이 가져다 준 선물, 억압이라는 이름으로 내면에 수장되는 것들은 전깃줄처럼 엉킨 무의식이거나 표준 속도를 훨씬 넘기며 달리는 자동차, 온기가 없는 집, 모두 내면으로 가라앉은 타자화된 것들이다. 내 속에 숨어 사는 또 다른 '나'인 것이다.

뒤엉키고 뒤엉켜 도무지 안과 밖이 구분되지 않는 세계. 그 속에서 우리는 행복한가? 아름다운가? 과연 우리는 인간이기나 한 것인가?

사평역에서

막차는 좀처럼 오지 않았다

대합실 밖에는 밤새 송이눈이 쌓이고

흰 보라 수수꽃 눈시린 유리창마다

톱밥 난로가 지펴지고 있었다

그믐처럼 몇은 졸고

몇은 감기에 쿨럭이고

그리웠던 순간들을 생각하며 나는

한 줌의 톱밥을 불빛 속에 던져 주었다.

내면 깊숙이 할 말들은 가득해도

청색의 손바닥을 불빛 속에 적셔 두고

모두들 아무 말도 하지 않았다

산다는 것이 때론 술에 취한 듯

한 두릅의 굴비 한 광주리의 사과를

만지작거리며 귀향하는 기분으로

침묵해야 한다는 것을

모두들 알고 있었다.

오래 앓은 기침 소리와

곽재구

1954년 광주 출생. 1981년 중앙일보 신춘문예 등단. 시집 『사평역에서』 『전장포아리랑』 『서울 세노야』 등.

쓴 약 같은 입술 담배 연기 속에서

싸륵싸륵 눈꽃은 쌓이고

그래 지금은 모두들

눈꽃의 화음에 귀를 적신다

자정 넘으면

낯설음도 뼈아픔도 다 설원인데

단풍잎 같은 몇 잎의 차창을 달고

밤열차는 또 어디로 흘러가는지

그리웠던 순간들을 호명하며 나는

한줌의 눈물을 불빛 속에 던져주었다

이 시는 중앙일보 신춘문예 당선작품이다. 지방에서 대학을 다니던 한 청년이 쓴 작품. 대학시절 시창작 수업을 받으면서, 나는 이 시에 매료되어 넋두리처럼 주절주절 늘어놓아 선생님께 혼쭐이 났던 기억이 있다.

누구에게나 역 앞에서의 추억이 하나쯤은 있을 것이다. 하지만 지면으로 만난 역은 또 어떤가? 새해 첫날 신문지면을 통해서 「사평역에서」를 만난 이들은 따뜻한 차 같은 향기를 오래도록 간직할 것이다. 하지만 어디에도 사평역은 존재하지 않는다. 사평역은 그저 곽재구의 시에서만 존재한다. 그것을 모르는 채 이 시를 읽으면 사평역이 어디쯤 있을까 하고 머릿속에서 수소문하게 된다. 하지만 지도상에 사평역은 없다.

시인이 제작하고 설정해둔 풍경은 그래서 아득한 공간, 읽는 이마다 제각각 저마다 다른 공간을 산출해낼 수밖에 없을 것이다. 하지만 이 제각각인 공간은 누구나 하나쯤은 갖고 있을 고향 같은 보편성을 내포하고 있다. 그러므로 사평역은 명시이지 않을 수 없을 것이다.

말랑말랑한 벽

꿍 하고 누가 돌아눕는다
내 귀가 먼저 달려간다
물 흐르는, 쿵쾅거리는, 흥얼거리는 소리
벽에 달라붙은 귀

천장의 얼룩이 점점 커진다
날림 공사를 했는지 온통 손볼 데 투성이다
누수 되고 있다는 걸
못 박는 게 취미인 위층 남자는 모를 것이다
내 시선은 오래 그 얼룩을 더듬는다
물 만난 벽지에 남아 있는 흉터,
쭈글쭈글하고 약간 딱딱해진

벽에 생긴 틈이 그새 더 벌어져 있다
이 틈을 누구의 것이라고 해야 할까
요리나 샤워를 하면서
끊임없이 옆방 여자가 건너오는

박설희

2003년 『실천문학』 등단. 시집 『쪽문으로 드나드는 구름』.

틈

부드러운 원룸,
걷는다 구른다 뛴다
다만 그뿐
문고리도 문도 보이지 않는
서로를 끌어당기는 힘으로
얼룩 번져간다
틈이 점점 벌어진다

　단단한 벽에 균열이 생기고, 견고한 나무에 못이 박히는 까닭은 그것들 내부에 '틈'이 있기 때문이다. 그러므로 '틈'은 세상 모든 것들이 자기 아닌 것들을 향해 스스로를 개방하는 상태이며, 자신을 해체하고 자기 아닌 것을 긍정하는 가능성의 여백이다.

　시인의 시선이 벽을 따라 흐른다. 벽과 벽 사이에, 벽과 문 사이에 생긴 '틈'은 이쪽의 소유물도, 저쪽의 소유물도 아니다. 정확하게 '틈'은 소유의 관념들 사이를 가로지르는 경계선에서 생겨난다. 그 틈 사이로 옆방 여자의 삶이, "문고리도 문도" 없이 건너온다. 아파트 생활에 익숙한 우리들에게 소통되는 소리는 소음 이상이 아니지만, 시인은 그 소음에서 한 생의 건너옴을 읽고 있다. 그렇게 '틈'은 소유의 관념을 가로질러 "서로를 끌어당기는 힘"이 된다. 생이란 결국 '벽'을 '문'으로 알고 걷어차는 일이거나, '벽'을 '문'으로 만드는 일이 아니던가.

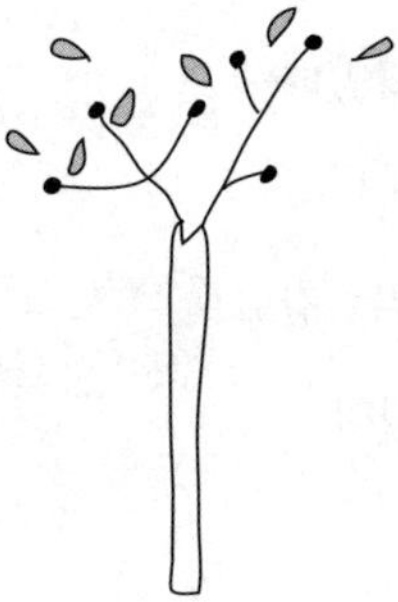

겨울나무

마침내 빈 몸이 되었다
생각마저 비었으니
저 어둠으로 흐르는 강
수이 건널 수 있겠다
그리운 사람아
저 언덕에 이르면
그대 길 위에
환한 등불 하나
밝힐 수 있겠다

최홍걸

1986년 강원일보 신춘문예 등단. 시집 『잃어버린 강』 『꽃의 이름을 지우고 싶다』 등.

나무이다. 나무는 나무이되, 겨울나무이다. 하! 겨울나무! 이 단어를 만나면 생각나는 동요가 있다. "나무야 나무야 겨울 나무야 눈 쌓인 언덕에 외로이 서서……" 동요는 그렇게 흘러 갈 것이다. 그 나무는 이 외로운 나무는 '바람 따라 휘파람만 불고 있는' 나무였던가? 겨울나무!

그런데 여기의 이 겨울나무는 휘파람은 불지 않는 것 같다. 어쩌면 불고 있을지도 모른다. 다만 시인은 그것에 주목하지 않았을 뿐이겠지.

시인이 주목한 것은 빈 몸인 나무, 생각마저 비게 된 나무, 그런 겨울나무이다. 그러므로 이 겨울나무는 휘파람을 불기도 어렵겠다. 그러나 휘파람보다 훨씬 능동적인 나무가 되고 있 다. 강을 건너고, 언덕에 이르고, 등불을 밝힐 수 있겠다고 말 하고 있지 않은가.

대지에 뿌리를 내리고 살아야 하는 생명체가 빈 몸, 빈 생각 이 되면 그 뿌리를 털고 일어나 자연의 섭리조차 무색케 할 수 있는가보다. 그러니 위대하지 않은 게 아니고 뭔가? 빈 몸, 빈 생각이란 이토록 거룩한 능력을 지니게 한다.

너에게 묻는다

연탄재 함부로 발로 차지 마라,

너는

누구에게 한 번이라도

뜨거운 사람이었느냐

1961년 경북 예천 출생. 원광대 국문과 졸업. 1984년 동아일보 신춘문예 등단. 시집 『서울로 가는 전봉준』 『모닥불』 『그대에게 가고 싶다』 『외롭고 높고 쓸쓸한』 『그리운 여우』 『바닷가 우체국』 『아무것도 아닌 것에 대하여』 등. 시와시학 젊은시인상, 소월시문학상, 노작문학상 수상.

　안도현 시인은 원광대 국문학과를 졸업하고 신춘문예를 통해 문단에 나왔다. 「너에게 묻는다」는 신문과 방송에서 처음 만났다. 따뜻한 시적 감성으로 그가 던지는 메시지는 의외로 크게 들려온다. 그의 또 다른 시 「연탄 한 장」에서도 삶이란 무게를 잔잔하게 일깨워주는 현실감을 보여주고 있다.

　독거노인들, 가난한 사람들, 어제는 행복했던 사람들이 오늘은 쓸쓸히 얇은 담요를 깔고 겨울 추위와 싸우고 있다면, 연탄 한 장은 그들에게 있어 어떤 존재란 말인가. 겨울바람들로 쿨룩쿨룩거리는 노인들의 기침소리를 하늘은 듣고 있을까? 존재의 가치에서나 현실 속에서 타협하는 가치세계에서 우리는 어떤 것이 살아가면서 아름다운 일이라고 감히 말할 수 있을까.

　짧다고 시가 싱거운 것은 아니리라. 그 점을 이 유명한 시는 잘 보여주고 있다. 그러므로 우리는 매일매일 물어야 할는지도 모른다. 우리는 과연 '뜨거운 사람'이었던 적이 있느냐고. 누구에게라도 좋으니 단 한 번만이라도 뜨거웠던 적이 있느냐고, 그 뜨거움이란 과연 어떤 것인지 생각해본 적 있느냐고.

별들은 따뜻하다

하늘에는 눈이 있다

두려워할 것은 없다

캄캄한 겨울

눈 내린 보리밭길을 걸어가다가

새벽이 지나지 않고 밤이 올 때

내 가난의 하늘 위로 떠오른

별들은 따뜻하다

나에게

진리의 때는 이미 늦었으나

내가 용서라고 부르던 것들은

모든 거짓이었으나

북풍이 지나간 새벽 거리를 걸으며

새벽이 지나지 않고 또 밤이 올 때

내 죽음의 하늘 위로 떠오른

별들은 따뜻하다

정호승

1950년 하동 출생, 대구에서 성장. 경희대 국문과 및 동 대학원 졸업. 1972년 한국일보 신춘문예 동시 「석굴암을 오르는 영희」, 1973년 대한일보 신춘문예 시 「첨성대」, 1982년 조선일보 신춘문예 소설 「위령제」 등단. 시집 『슬픔이 기쁨에게』, 『서울의 예수』 『새벽편지』 『별들은 따뜻하다』 『사랑하다가 죽어버려라』 『외로우니까 사람이다』 『이 짧은 시간 동안』 『포옹』. 소월시문학상, 농서문학상 및, 정지용문학상 등 수상.

시인은 별을 통해 따뜻한 겨울의 통과의례를 아름답게 펼치고 있다. 시인의 감성과 대중의 감성이 조화를 이루는 것은 시인이 의도하지 않았더라도 그의 작품세계에서 쉽고 가볍게 발견할 수 있는 하나의 매력이라고 할 수 있겠다.

서정의 미학을 담고 글쓰기에 여념 없는 시인에게는 늘 우리가 잊고 살아가는 일들에 교훈적이며, 아포리즘 같은 메시지를 던져주고 있다. 두려움과 가난, 세상 속 오염으로 가득 찬 어둠의 시간의 연속성은 문득 별들로 하여금 세상을 변화하게 하는 희망을 품고 있다. 가난의 하늘…우리는 겨울의 어둡고 깜깜한 시간의 여정뿐 아니라 배고픈 서러움을 안고 살아가는 사람들의 긴 밤을 생각하게 된다. 맑고 아름다운 시인의 서정을 통해 지친 영혼들이 정화되는 기쁨을 누릴지도 모른다. 마음이 시린 사람들에게 군고구마 같은 따스한 위로가 될지도 모른다.

한 편의 이 시는 추운 겨울밤을 더 깊게 하고 있다. 하지만 그 겨울밤은 얼마나 따스한가? 시인이 꿈꾸는 세상은 아마도 그 '따스한 겨울'일지도 모를 일이다.

빈집

사랑을 잃고 나는 쓰네

잘 있거라, 짧았던 밤들아
창밖을 떠돌던 겨울 안개들아
아무것도 모르던 촛불들아, 잘 있거라
공포를 기다리던 흰 종이들아
망설임을 대신하던 눈물들아
잘 있거라, 더 이상 내 것이 아닌 열망들아

장님처럼 나 이제 더듬거리며 문을 잠그네
가엾은 내 사랑 빈집에 갇혔네

기형도

1960년 경기 연평 출생. 1985년 동아일보 신춘문예 등단. 유고 시집 『입 속의 검은 잎』.

　시인을 생각하면 안타까운 생각에 앞서 눈물이 글썽여진다. 첫 시집이 유고시집이 된 사람. 살아 있는 동안은 한 권의 시집도 남기지 못한 사람. 그는 이제 없다. 아는 사람은 다 알듯이 그는 서른 살이 되기 전에 이 세상 밖으로 훨훨 날아갔다.

　그 젊은이가 저런 시를 썼다. 사랑하는 일도 어렵지만 상실의 아픔은 누구나 한 번 겪어본 후라야 아! 하고 절망의 감탄사를 뿜어 낼 것이다. 긴 밤도 사랑으로 인해 짧고, 주변을 맴도는 사랑도 사랑이란 이름으로 구속되고 만다.

　시인이 죽음을 염두에 두고 쓴 글은 아니다. 사랑의 소유권 상실이 주는 고통을 노래했을 뿐이다. 하지만 많은 사람들은 '빈집'을 통해서 부음소식을 듣고 위로하고, 통절한 아픔의 술잔을 기울어야 했다. 너무 이른 나이에 영영 떠나버린 시인의 가슴에 사랑은 회자되어 다시 올 것이라는 희망도 담겨져 있다. 어딘가에는 분명히 담겨 있을 것이다. 부디 아픔의 사랑보다는 희망적이고 용기 있는 사랑을 해보고 떠나 볼 일이다. 특히 젊은이들은…

활짝,

한 쪽 어깨와 바짓단이 다 젖은 아버지가

눈이 까만 아들을 옆구리에 끼고 지하철을 탔다

빗물 흐르는 우산을 발밑으로 내려놓고

휘청거리는 아들을 꼭 껴안는다

아버지를 보며 아들이 활짝, 웃는다

지하철은 쏴아아아아 빗소리를 내며 달린다

우산이 없는 사람들이 비를 생각하는 것처럼

고개를 숙이고 바닥에 골똘해져 있을 때

비를 뚫고 온 젖은 몸이 실리고 있을 때

아버지가 내려놓았던 우산이 활짝, 펴졌다

지하철 인파 속에서 자동으로

비를 막아주고 있는 아버지의 우산

잔잔한 파도처럼 사람들이 웃고

아버지는 겸면적은 미소를 지으며 우산을 접는다

튼튼한 아버지는 우산처럼 우리를 보호해 주신다고

썼던 어떤 날의 따뜻한 저녁 밥상 속으로

내 마음이 달려가서 활짝, 펴진다

강미정

경남 김해 출생. 1994년 『시문학』 등단. 시집 『상처가 스민다는 것』 등.

비는 피하지 않고 뚫고 나가는 것이라고

우산 속에서 서로의 어깨를 겯고

아들 쪽으로 더 깊이 우산을 씌워주는

한쪽 어깨가 다 젖은 아버지의

활짝, 웃는 얼굴이 보인다

　가만히, 가만히, 유년의 가슴을 두드려주던, 조그만 가슴을 토닥토닥 두드려주며 불러주던 그 노래를, 그 향기를, 그 목소리의 색깔을, 만난다. 볼이 붉어지고 가슴이 뛰고 미소가 일어 금세 새근새근 고른 숨소리를 내던, 새털처럼 가볍게 눈을 감던 그 커다란 안도감, 바짓단이 다 젖은 눈이 까만 아들이 아버지의 옆구리에 머리를 박고 활짝, 웃던 그 안도하는 눈빛에서 아버지, 당신을 읽는다.

　인생이란 그런 것인가? 한때 아버지를 보며 활짝, 웃던 아들이, 세월이 훨훨 지나가버리면 활짝, 웃는 어떤 아이의 웃음을 받아주어야 하는 것. 저 아버지도 언젠가는 아들이었을 것이다. 저 아들도 언젠가는 아버지가 될 것이다. 한때는 아들이었던 이들이 아버지가 되고, 지금 아버지인 이들 한때는 아들이었을 것이니, 우리는 그저 활짝, 활짝, 웃으며 살아가는 것 아니겠는가.

박병두 詩 산책 착한 사람을 보면 눈물이 난다

대숲에서

눈 오는데 나의 애인은 눈이 온다고만 하고
나도 눈이 온다고만 하고

눈 오는데 그대는 올곧은 대나무 같기만 하고
나는 대숲 밖으로 부는 바람 같기만 하고

눈 오는데 당신은 말도 못하고 제 몸만 비비고
나는 그대의 소리가 되고 싶어 언저리 맴돌기만 하고

숲에 목맨 여인의 신음소리였다가 풍장한 아기 울음소
리였다가
풀섶 뱀의 소리였다가 때로는 뽕잎 갉아먹는 누에의 입
질소리였다가
풀 먹인 속치마 스치는 소리였다가 이불 속 뜨거운 살들
의 소리였다가 쩡쩡
언 땅속 구근으로부터 뿜어 올리는 대숲에 든 것들의 숨
통 틔우는 소리

최광임

전북 부안 출생. 2002년 『미문학』 등단 시집 『내 몸에 바다를 들이고』.

우우 눈발이 안으로 안으로 기어들고 숲이 까르르 옷깃
을 풀어헤치고

　왜 대숲인가? 알 수 없다. 말 못하는 '그대'와, 그대의 소리가 되고 싶어 언저리만 맴도는 '나' 사이에는 무엇이 있는가? 알 수 없다. '안으로 안으로 기어들고' 있는 소리가 어떤 것인지도 알 수 없다. 알 수 없지만 눈치는 챌 수 있겠다. '나'는 대숲 밖으로 부는 바람 같은 사람입니까.

　눈 내리는 대숲의 광경을 본 적이 있는가. 댓잎의 푸른 기운과 허공의 회색빛이 어떻게 하나가 되는지, 어떻게 적막이 소리를 가두는지 지켜본 적이 있는가. 눈 내리는 날 대숲에 가 보시라. 원시적인 사랑이 그곳에서부터 시작되고 있으리니.

　저 빙빙 언저리를 맴돌던 소리들, 그 소리도 언젠가는 대숲 어딘가에 처소를 갖게 될지니 우리가 할 수 있는 일이란 무어 있겠는가. 그저 마음 한 줄기를 던져줄 수 있을 뿐. 맴돌고 맴돌고 맴도는 소리의 임자에게 응원의 마음 한 줄기 던져줄 수 있을 뿐.

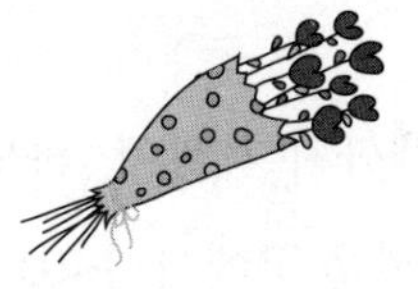

포옹

볼 수 없는 것이 될 때까지 가까이. 나는 검정입니까? 너
는 검정에 매우 가깝습니다.

너를 볼 수 없을 때까지 가까이. 파도를 덮는 파도처럼
부서지는 곳에서. 가까운 곳에서 우리는 무슨 사이입니까?

영영 볼 수 없는 연인이 될 때까지

교차하였습니다. 그곳에서 침묵을 이루는 두 개의 입술
처럼. 곧 벌어질 시간의 아가리처럼.

김행숙

1970년 서울 출생. 1999년 『현대문학』 등단. 시집 『사춘기』 『이별의 능력』.

사랑이란 단어 안에 갇혀 아무것도 할 수 없을 때가 있는데, 그래도 할 수 있는 일 한 가지는 남는다. 그것은 침묵이다. 그렇다면 교차하는 침묵이란 어떤 침묵일까? 침묵이 교차하다니? 의아하지 않을 수 없다. 침묵이라는 것에 무슨 움직임이 있을 리 만무할 터인데, 그 움직임 없는 것이 어찌 교차한다는 말인가. 침묵이 두 개여서일까?

침묵에 색깔이 있다면 그것은 검정일지도 모른다. 까만 것, 까망 그 자체이지만 그것을 넘어 말할 수 없는 모든 말을 담고 있는 것. 그 색깔, 검정일지도 모른다. 과연 그렇다. 시인이 선택한 색깔은 검정이다. 일렬로 늘어서 크레용의 맨 마지막에 서 있던 것. 검정 가까이에 침묵이 놓여 있다.

그렇다면 무엇이랴? 영영 볼 수 없는 연인이 될 때까지라니! 이 어두운 전망을 시인은 그러나 '포옹'이라는 제목으로 감싸 안고 있다. 이 반어의 지향이 희망 아닐지.

호박꽃나라 1

호박꽃은 저마다의 이름이 없다

기껏해야 호박이라는 동네 이름 정도다

사람으로 치면 성만 가지고 살아가는 것이다

호박꽃들은 저마다의 모양도 비슷하고

향기도 비슷하고 크기도 비슷하다

소리가 있다면 그것도 비슷할 것이다

사람들의 생각이다

그러니 텃밭머리에 피는 호박꽃을

무어라 달리 이름 부르고

담장을 기어오르는 호박꽃을

무어라 달리 이름 부를 이유도 없고

의미도 없다 그냥 호박꽃일 뿐이다

사람들의 생각이다

그래서 호박꽃 개개의 존재들과

굳이 대화를 할 일도 없고

어느 호박꽃 한 송이를

특별하게 사랑할 이유도 없다

장종권

1985년 『현대시학』 등단. 시집 『꽃이 그냥 꽃인 날에』 등.

어디에 핀 호박꽃이든 보기에 좋으면 그만이다
사람들의 생각이다
아직 호박꽃에게 물어보지는 못했다
아직 벌들에게 물어보지도 못했다
신도 우리에게 아마 이럴 것이다

우리가 사는 것은 신의 은총 때문이라고 한다. 과연 그런지 어떤지는 모를 일이겠다. 호박꽃이 오늘 흐드러지게 피는 이유도 신의 은총 때문이라고 한다. 과연 그런지 어떤지는 모를 일이겠다. 그 신에게 호박꽃과 사람은 어떻게 다를지, 궁금해 한 적이 있었다. 편리한 생각이기도 하고 위험한 발상이기도 하겠지만, 사람이 호박을 생각하는 것은 신이 우리(사람)을 생각하는 것과 같을 것이라고 시인은 추론하고 있다.

설명과 부연, 추론 등 비문학적인 방식으로 시를 만들어내는 시인의 솜씨는 독특하다. 이 독특함이 훌륭한 것인지 그렇지 않은지는 모를 일이겠다. 무릇 시인이란 누구나, 저마다의 발성법이 있는 법이니까.

호박꽃은 호박꽃대로 아름답고, 사람은 사람대로 아름답다. 그렇게 믿고 싶다. 어떤 형상으로 우리 앞에서 있는 사물의 것들은 모두 아름답다. 그렇게 믿고 싶다. 아름다움에 대한 가치 판단이란 제각각 다를 터이니.

간장게장 집 여자

영화동 목포 식당 여주인의 갯벌 같은 사투리가

더운 바람을 몰고 달라붙는다.

몽골인 같은 두툼한 얼굴엔

갯벌을 질러온 물길이 오랫동안 닿았다 쓸려간 주름이

보인다.

게들처럼 몇 번의 허물을 벗었을 것이다.

형광 빛의 희멀건 살빛 흔적이 눈 밑으로 흩어졌다

목에서 멈춰 있다.

바다의 구릉지대를 오가던 게들의 옆걸음을 닮은

그 여자의 걸음걸이를 보면

물컹한 식욕에 포말이 밀려오는데

몇 그릇의 속을 채워도 입맛이 가시지 않은

달달한 간장게장 맛만은 아니다.

살구나무 집 주인의 자선처럼

떨어진 살구를 눈치코치 없이 맘껏 먹어도 좋다는

탱탱한 봄날 기억을 밥상에 올리는 여자.

잘 익은 간장게장에다 갈치 속 젓 조기구이,

조찬용

1953년 전북 부안 출생. 『시인성신』 등단. 시집 『국어시간에 북어국을 만난다』 『숲에 들면 나오지 못하는 새』 등.

총각김치, 시원한 물김치까지 그리고 또 무슨 젓갈까지
그릇그릇 넘치도록 치마폭이 넓은 여자.
가마솥에서 금방 퍼올린 밥이 오를 때까지 그 여자는
밥상마다 연꽃처럼 서서
'아자씨, 참 멋지요.'
'게장 맛은 암컷이 더 좋은 께로 많이 드시쇼.'
'우리넌 야박한 사람들이 아닝께 묵다 모지래믄 더 달라
고 허시쇼' 하면서
넋살 좋게도 제 고향 갯벌을 밀고 간다.
제 것을 허실이 퍼주고도 환히 웃는 않는 여자.
알이 슨 게딱지에 입맛을 비비기 위해
세발 낙지의 흡반처럼 게 몸에서 게딱지를 손 익어 갈라
놓는다.
마치 제 허물을 가르듯
도시 바닥의 깊이도 모르고 밥도둑을 파는 여자처럼
능소화 핀 골목을 벗어나면
제 고향 목포의 갯벌에 게들이 별빛으로 살아 있다고 믿

는 여자처럼

참 맛있는 여자.

바다를 닮은 여자가 있다.

얼마 전 아내가 전라도식 백반집이 있다고 해서 졸졸 따라가 식탁을 만난 적 있다. 목포 식당이라는 간장게장 집이었다. 시인도 이 집에 들렀을까? 아니면 다른 집이었을까? 부질없는 추측. 하긴…… 그 간장게장 집 어느 집이면 어떠랴? 사람이란 본디 간장게장을 먹는 게 아니라 간장게장에 얹힌 마음을 먹는 동물 아닌가.

교편을 잡고 있는 노시인이 게장에 취해 그 집 여자의 마음까지 읽어내고 있다. 사람 사는 냄새가 주인장을 통해 만나 시인의 마음을 풀어낸 이 시는 이웃을 생각하게 만든다. 사람을, 사람의 마음을 생각하게 만든다.

홍어와 막걸리 한 사발에 취한 시인은 돌아가야 할 집의 거주지를 잊고 허우적 길 찾기 여행을 하고 있다. 사람들의 입맛도 느낌과 환경 분위기에 다르듯이 입맛을 잃고 살아갈 때면 오래전 고향 같은 집을 찾게 된다. 사투리, 사투리의 임자인 여자, 바다를 닮은 여자. 시인이 그리워하는 것은 의외로 만만치 않아 보인다.

III

귀천

나 하늘로 돌아가리라
새벽빛 와 닿으면 스러지는
이슬 더불어 손에 손을 잡고,

나 하늘로 돌아가리라
노을빛 함께 단둘이서
기슭에서 놀다가 구름 손짓하면은,

나 하늘로 돌아가리라
아름다운 이 세상 소풍 끝내는 날,
가서, 아름다웠더라고 말하리라……

천상병

1930년 출생. 1952년 『문예』 추천 완료. 시집 『새』 『저승 가는데도 여비가 든다면』 등.

천상병은 시인이다! 그는 죽기 전에 시집을 몇 권 냈는데, 그 시집 가운데 한 권의 제목은 이렇다. "천상병은 천상 시인이다". 세상에! 이런 시집 제목은 천상병 외에는 가질 수 없다. 오로지 천상병의 독점물이다. 그렇다, 천상병은 천상 시인이다!

천상병이 시인이다!라는 말은 내내 그 말이 그 말이고 둘러치나 메치나 하나마나한 소리 같지만, 그래서 소주더러 술이라 이르고 서울더러 도시라 이르는 것과 매양 한 가지인 것처럼 들리지만, 천만에!

천상병은 시인이다. 이토록 자명한 사실은 없다. 그가 시인인 것은 틀림없다. 그러나 생각해 보자. 시 아닌 것을 잔뜩 그려내면서 시인입네 어쩌구 어깨에 힘주고 다니는 되먹지 않은 인간들 얼마나 많은가? 그런 것들도 시인인가? 그런 것들이 시인입네 하고 우기면 천상병은 뭔가? 그런 것들과 천상병은 그러면 동격인가? 웃기는 얘기 아닐 수 없다.

천상병은 시인이다. 시인이란 자고로 세계의 입법자라고 하였다. 천상천하 유아독존이라고 하였다. 시 아닌 것들 써서 시집을 내는 잡것들이여, 시집 안 내고 가만히 있었으면 숲이나 보존했을 것을. 천상병의 시 오롯이 더 빛났을 것을.

꽃, 그 피움을 위하여

창밖은 눈 내리고 일순 거실이 환하다
오오, 너희들 보랏빛 작은 바이올렛
뜨거운 눈빛만으로 오늘 꽃을 피웠구나.
사랑한다는 말없이 차마 그 한 마디 없이
결코 황홀한 입맞춤 한 번 없이도
너희는 사랑했구나 온 몸으로 피기 위해
아니, 어쩌면 그 이전부터 남 모르게
우심방 좌심실을 따뜻하게 돌고 돌던
한 모금 맑디맑은 피 그 핏톨이 피워냈구나.

진순분

1990년 경인일보 신춘문예 시조, 1991년 『문학예술』 시 등단. 시집 『안개꽃 은유』 『시간의 세포』 등. 경기문학인상, 시
조시학상, 한국시학상 등 수상.

'시적 순간'이란 바로 이런 때를 말하는 것이리라. 그렇지 않은가? '일순'이라는 단어를 시인은 사용하고 있다. 일순이란 어떤 순간을 말하는 것. 시인은 그 순간에 대해 노래하고 있는 것. 순간에 대해 노래하는 것이 시인의 일이라면, 이 순간은 저 유명한 '시적 순간'이 아닐 수 없을 터.

저 순간을 만나기 위해 시인들이란 죽어라 공력을 쌓는 것이리라. 내공이라고 하였던가? 시인들이 날마다, 그리고 일평생을 저 지긋지긋한 불의 강을 건너는 까닭, 달리 있을 터인가? 저런 시적 순간을 만나기 위해서 아니겠는가.

꽃 한 송이가 피기 위해서는 우리 눈에 보이지 않는 에너지들이 작용할 것이다. 눈 내리는 날 거실의 온기를 받아 보라색 꽃을 피워내는 바이올렛, 생명력을 불어 넣는 우리들의 심장 안에도 매 순간 순간마다 깨끗한 순정의 아름다운 핏톨들이 소통하고 체념하기를 반복하면서 지고지순한 봄을 준비하고 있을 것이다.

나는 돌아가 악동처럼

멀리 가서 멀리 오는

눈을 맞는다

만 섬 그득히 그득히

무 밑동처럼 하얀 눈이네

밟으면

무를 한입 크게 물은 듯

맵고 시원한

소리가 나네

나는 돌아가 惡童(악동)처럼

둘둘 말아 사람을 세워놓고

나를 세워놓고

엉덩이 살을 베어

얼굴에

두 볼에 붙이고

문태준

1970년 경북 김천 출생. 1994년 『문예중앙』 등단. 시집 『수런거리는 뒤란』 『맨발』 『누가 울고 간다』 『그늘의 발달』. 동서문학상, 노작문학상, 미당문학상, 소월시문학상 등 수상.

모자를 얹어

나는 살쩌 웃는다

내가 눈 속으로 아주 다 들어갈 때까지

　어렸을 적에 동네어귀 고갯길에서 친구들과 썰매를 탔던 기억이 난다, 뭐 썰매가 지금처럼 정형화된 것도 아니었다. 비료비닐 푸대에 볏짚을 넣으면 바로 썰매가 되었다. 눈을 밟고 지나면 소리가 뽀드득 일어나고, 눈밭이 주는 소리, 그 전해지는 감각이 정감어린 것으로 들려 동네 여기저기를 추운 줄도 모르고 걸었던 적이 있다. 누군들 그런 기억이 없으랴?

　시인은 눈 밟는 소리와 무를 베어 물 때의 시원한 맛을 놀랍게 중첩시킨다. 놀랍다. 베어 문 무의 맛과 눈 밟을 때의 소리가 공존하고 있지 않은가. 미각과 청각의 공존. 이런 것을 두고 이 나라의 어린 중고생들은 '공감각적 심상'이 어쩌구 하면서 외우기 바쁠 것이다. 헐.

　시인은 돌아간다고 하였다. 어디로? 이미 답은 나와 있지 않은가? '악동처럼'이라는 말이 힌트. 우린 누구나 한때는 악동들이었으니……

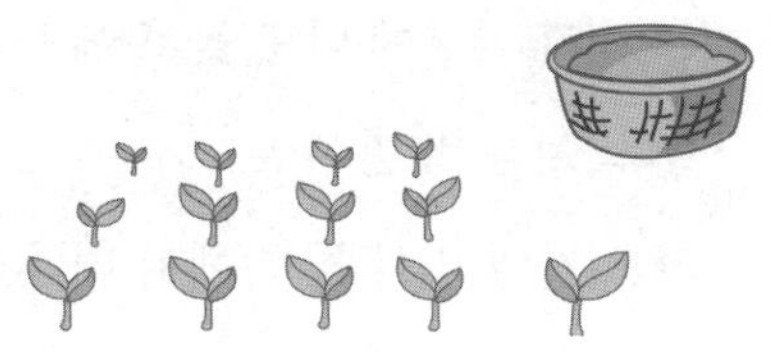

남해금산

한 여자 돌 속에 묻혀 있었네

그 여자 사랑에 나도 돌 속에 들어갔네

어느 여름 비 많이 오고

그 여자 울면서 돌 속에서 떠나갔네

떠나가는 그 여자 해와 달이 끌어 주었네

남해 금산 푸른 하늘가에 나 혼자 있네

남해 금산 푸른 바닷물 속에 나 혼자 잠기네

이성복

1952년 경북 상주 출생. 서울대 불문과 및 동대학원 졸업. 1977년 『문학과지성』 등단. 시집 『뒹구는 돌은 언제 잠 깨는가』 『남해 금산』 『그 여름의 끝』 『호랑가시나무의 기억』 『아, 입이 없는 것들』 『달의 이마에는 물결무늬 자국』 등.

　　남해금산을 찾으면 돌에 대한 애정을 갖게 된다. 사람들은 남해금산의 절경을 마주하면서 이야기들을 풀어내게 한다, 때론 바위가 되어보기도 하면서. 사랑은 위험하고도 부담스러운 일이지만 프랑스의 어느 신부님 말씀처럼, 우리가 살아가는 이 시간은 사랑하기 위에 얼마간 주어진 시간일 뿐이라고 하지 않는가.

　　1980년대 문단의 집중적인 조명을 받은 이성복의 시집 『뒹구는 돌은 언제 잠깨는가』는 비유와 의식의 해체를 통해 시대적 흐름을 읽어내고 새롭게 조명했다는 평가를 받았다. 필자는 대학시절 문화예술기행으로 최두석 교수를 따라간 적이 있다. 그의 강연을 들으며, 남해금산에 관한 시에 대해 질문한 적이 있다.

　　이 시는 실험적인 언어가 절제되고 정제된 서정의 빛깔로 구사되고 있음을 알 수 있었다. 푸른 바닷물의 고요한 자태에 파도가 잠을 자고 수평선에 누운 여인의 시선들이 사랑하다가 울다가 지쳐버린 노래처럼 은은히 밀려왔다.

동천(冬天)

내 마음 속 우리 님의 고운 눈썹을

즈믄 밤의 꿈으로 맑게 씻어서

하늘에다 옮기어 심어 놨더니

동지 섣달 나르는 매서운 새가

그걸 알고 시늉하며 비끼어 가네.

서정주

1915년 출생. 1936년 동아일보 신춘문예 등단. 시집 『화사집』 『귀촉도』 등.

　불교적인 색체 속에 담겨진 미당의 시는 아픔과 한의 이중주를 달리고 있는 듯하다. 황홀감에 젖게 하기도 하고, 정신의 초월성을 넘어 노래하기도 한다. 미당은 초승달이 점점 충만한 빛으로 넘쳐나고, 사랑도 처음처럼 지속되고 원만해지기를 염원하는 구도자적인 심사를 기원했는지도 모를 일이다.

　생명은 수류(서정주)와 같은 것으로 보고, 흘러가되 윤회하는 것으로 보기도 한 것 같다. 만나고 헤어지는 사람들의 관계가 영원하게 지속될 수만 있다면 좋으련만, 그게 어찌 가능한 일일 것인가. 미당은 그렇게 사랑의 아픔을 잡지 못하고 있는 미완의 정신적인 세계를 토로하고 있다. 오랜 세월 동안 마음 속에 품고 꿈꾸어 온 삶의 고귀한 정신적 가치들이 동천의 시뿐 아니라 생애의 자서전처럼 승화시켜 노래하고, 미당의 정신이 잠자는 새벽에도 벌떡 나를 일어나게 한다.

　동천-굳이 번역을 하자면 겨울하늘이 될 것이다. 이 겨울하늘에는 미당이 지닌 시혼이 흐르고 있다. 저 7·5조의 정형률과 함께.

북소리

죽은 소들의 넋을 위로한다기에 가 본 금강

어젯밤 현몽했던 왕 버드나무가

날아오를 듯한 색색 무복으로 벌이는

지노귀굿이 한창이었습니다

바람이 울리고 가는 징소리 죽은 소의 가죽 덮어 쓴

북소리에서 나는 소리가

어찌 소의 울음뿐이라고 하겠습니까

커다란 소의 눈알

부릅 눈 뜬 돌멩이들 웅성거렸지요

코뚜레 벗은 소의 혼백들 속에

사람들 발에 밟혀가며 밀려갔지요

검은 연기 풀풀 내보내고

마을의 굴뚝 위로 올려다 본 하늘대웅전

붉은 저녁 해 엎드린 천년 기도였을까요

가슴을 턱 막았던 울혈덩어리 빠져나오던 걸요

닫혔던 자궁이 길을 열고 몽글몽글 붉은 피

선운사 동백처럼 피어났습니다.

이가을

경기 남양주 출생. 1998년 『현대시학』 등단. 시집 『저기 꽃이 걸어간다』.

왕 버드나무 요령소리에 붙들려 나왔던 소들
그제서야 북소리 만드는 공방 마당을 지나
좁은 문으로 들어갔습니다.
의식을 치르듯 공방 안을 한 바퀴 돌고
평상에 쌓인 가죽 더미 옆 더운 김 뱉었지요
무릎 꺾고 끔벅거리던 큰 눈을 감더니 이내 엎드렸습니
다.
소의 등 길게 쓰다듬는 직공의 손
비틀린 관절을 풀어가는 소리 들립니다.
하늘대웅전을 향한 천년 기도
한층 깊어진 북소리입니다

소들의 넋도 위로하나? 이건 아무래도 이상한 일이지 않을 수 없다. 사람의 넋도 제대로 위로하지 못하는 냉정한 세상이 펼쳐진 지 참 오래되었는데, 이 첨단의 시대에 소의 넋을 위로하다니. 무복의 지노귀굿이라니?

그런데 제목이 「북소리」이다. 북의 거죽은 바로 소의 거죽이었던 것일까? 나는 잘 모른다. 그저 소가죽이 북의 재료가 된다는 얘기를 어디선가 들은 적이 있는 것 같기는 하다. 그렇다면 저 영혼을 울리는 소리는 바로 소가죽의 울음소리였단 말인가. 왠지 소름이 돋는다.

시인이 봄날에, 지방 어딘가에서 여행 중에 작품을 쓴 것 같다. 사찰의 은행나무를 마주보고 소가죽을 가공해 북소리를 낸다는 공방에 들른 모양이다. 깊은 소리에 도달하기 위한 순례의 걸음 멈춘 뒤 늙은 소가 가죽을 벗고 엎드려 울고, 피안에 들어 세상을 내려놓는 순간, 순한 소의 눈동자가 어둑하던 마음 안에 불을 놓은 듯 환한 어둠의 정체들을 꼼꼼히 살피고 있는 것이다.

사랑한다면 이들처럼

빗방울이 땅의 열기를 식히고 있다.

선화공주를 사랑한 서동이

연잎으로라도 남아 선화공주를

바라보고자 했던 것처럼

오늘에야 문득 펼쳐진 잎사귀,

저 연잎의 의미를 다시 읽고 있다.

빗소리가 들리는 연못가에서

사랑은 세상을 향해 연잎을 밀어 올리는 것

빗줄기가 오락가락 마음을 적시는

궁남지에서

내 안에 피어 있는 연봉오리처럼

수많은 仙化가 피어 있고

그 연꽃들의 군락을 에워싼,

설렘만으로도 넓어지는 연잎들

빗방울이 흘러가고

그 노래들이 연잎 위를 구르고

연잎들이 서로의 품에 고개를 묻는다.

박현솔

1999년 한라일보 신춘문예, 2001년 『현대시』 등단. 시집 『달의 영토』.

세상살이가 어디 연꽃뿐이겠는가마는 시인은 사랑의 진정성을 묻고 있는 듯하다 연꽃과 연잎의 관계, 빗방울의 기억들이 사랑의 의미를 완성시키고 있다. 타인을 배려하고 관심을 가져 주는 일들이 사랑이라고 할 때 지근거리에 있는 사물들에 대한 우리는 사랑이란 체온이 부족한 것일지도 모른다.

연꽃과 연잎의 관계, 서동과 선화공주의 관계, 빗방울과 온갖 물상들과의 관계는 가까우면서 멀고, 멀면서도 가깝다. 먼 것을 가깝게 하는 것은 '곁에 있음'일지도 모른다. 빗방울이 내려 연못과 잎사귀와 꽃봉오리에 떨어지듯, 서동은 멀리 떠나가지 않는다. 연잎처럼 꽃이 피어나기를 기다렸던 것.

시인은 미완성의 사랑도 진화적으로 전이되는 숨결을 외치고 있는데, 사랑도 때론 정치적인 탓에 가까운 아름다운 것들을 잃어버리고 살아간다. 재생되는 빗방울로 캄캄한 세상 같은 진흙 속에서 이들의 사랑은 더욱 완전해진다. 어둠을 밝히는 하나의 등불처럼 사랑도 미완의 존재에서 머물지 않고 발화되지 않는 완전한 사랑을 꿈꾸어 나가 볼 일이다.

생의 찬미

소낙비 내리고 물오른 알몸, 탱고의 음표에요
살아 있음을 참지 못해 바람구두를 신어요
발꿈치에 매 발톱이 돋아요
춤추는 붉은 드레스, 활짝 핀 함박꽃이에요
숨이 찬 바이올린 네 줄, 끊어질 듯, 질, 듯
아, 죽음의 볼륨을 높여요 미루나무 끝까지

이
윤
훈

경기 평택 출생. 2002년 조선일보 신춘문예 등단. 시집 『나를 사랑한다, 하지 마라』.

시인은 조선일보 신춘문예로 시단에 나와 시인의 길을 뚜벅뚜벅 걷고 있다. 헐벗고 가난한 이웃들을 생각한 시인은 어느 때처럼 포장마차에서 술잔을 기울이면서 아침을 기다리고 있을 것이다. 평택과 천안을 잇는 버스를 기다리며 솟대마을 설렁탕에 소주를 아침까지 마시며 강의준비를 하던 시인의 모습이 선하다.

세상의 모든 것들을 시인 혼자서 다 짐 지고 가지는 않겠지만 시인의 순수함은 바라보는 이들을 긴장케 한다. 테드 휴즈의 시 「개똥지빠귀」라는 것이 있다. 이를 읽으면 팔팔한 생명 속에 도사린 죽음을 느끼게 된다. 그 허무를 넘어서면 에로스(생의 충동)는 타나토스(죽음의 충동)의 등가물이 아닌가 싶다. 죽음의 절정에 이르는 에로스, 그 오르가슴에 생의 황홀함이 있다.

시인의 눈에서 더 아름다운 눈물이 생의 속도를 조절하며 지켜볼 일이다. 알몸, 탱고의 음표, 바람구두, 매 발톱, 붉은 드레스, 함박꽃, 바이올린 네 줄, 볼륨, 미루나무 등으로 이어지는 이미지들, 그 숨가쁜 연쇄를 바라보면 삶은 진정 찬미될 만한 것인 듯싶다.

어머니의 바다

— 종달리에서

어머니 내 어머니

저는 이제 당신의 짙푸른 가슴이 전해주는 하얀 말들을

기어이 다 듣고야 말았습니다

지천명 나잇살 먹은 뒤

종달리 바닷가를 거닐면서

이렇게 유한한 흔적인

내 이름을 생각하다가

많은 사람들이

당신 한 생의 깊은 가슴 속에 던져 놓아

몸 불리거나

혹은 뼈를 남긴 언어들과

해초와 물고기들이

바라보았던 내 몸의 살을

나도 보고야 말았습니다

바람 속에서 절뚝거리며

오름을 오르다가

내려와서 해녀의 작은 무덤 앞에 섰다가

김우영

1957년 화성 출생. 1978년 『월간문학』 등단. 시집 『겨울 수영리에서』 『부석사 가는 길』 등. 경기문학상, 한하운문학대상 수상. 중부일보 문화부장 역임.

다시 내려오고 내려와서
나를 놓아버리고 싶었던
종달리 겨울바다
당신께서 제게 하고 싶어 했던 그 무수한 말을
이제야 겨우 알아차리고 말았습니다.

시인은 바람이 몹시 불던 날 제주 종달리 해변을 혼자 걸었나 보다. 평소 소리 없이 여행을 다니는 사람답게, 외로운 길을 바람과 마주하면서 걸었나 보다. 오름에도 혼자서 올라보니, 남편을 일찍이 여의고 홀로 살다 죽었을 거라고 추정되는 해녀의 아주 작은 무덤이 시인의 시안으로 깊숙이 밀고 왔을 것이다. 칼바람이 불어오는 바람과 동행하면서 바닷가 길은 여행의 숨은 그림자처럼 떠오르는 어머니의 숨결들로 가득 차 보인다. 시인은 좀 더 깊은 사색에 잠기면서 형이상학적으로 우주와 인간의 근원을 생각했나 보다. 그리하여 등장하는 어머니는 시인의 어머니도 되고 우주와 바다도 된다고 역설적으로 풀어내고, 잃어버린 것들을 찾으려 하고, 잊혀진 기억들을 새로이 재생시키는 연습을 질풍노도의 울음같이 노래하고 있다.

한

육신의 아픈 기억은

쉽게 지워진다.

그러나

마음의 상처는

덧나기 일쑤이다

떠났다가도 돌아와서

깊은 밤 나를 쳐다보곤 한다

나를 쳐다볼 뿐만 아니라

때론 슬프게 흐느끼고

때론 분노로 떨게 하고

절망을 안겨주기도 한다

육신의 아픔은 감각이지만

마음의 상처는

삶의 본질과 닿아 있기 때문일까

그것을 한이라 하는가

박경리

1926년 통영 출생. 1956년 『현대문학』 등단. 소설 『토지』 『김약국의 딸들』 등. 시집 『버리고 간 것만 남아서 참 홀가분하다』.

박경리 선생의 「한」이라는 시는 그의 유고시집 『버리고 갈 것만 남아서 참 홀가분하다』에 들어 있는 작품이다. 박경리 선생이, 희망을 잃지 않았던 것은 어쩌면 남몰래 시를 썼기 때문인지도 모른다고 하였듯이, 우뚝 선 작품들을 문학사에 남기고 타계하기까지 시는 선생에게 있어 생명과 같았을 것이다. 1926년 경상도 통영에서 출생한 선생은 김동리의 추천을 받아 단편소설 '계산(計算)'으로 등단, 사회현상을 날카롭게 묘파하는 작품들을 지속적으로 발표해 문단의 시선을 끊임없이 받았다.

늘 자신에게 엄격하면서도 자유인으로 살았던 선생은 불꽃 같은 정열과 사랑과 분노와 통절한 아픔을 절제로 가다듬으면서 자신을 반추하고 성찰하셨다. 그 생애는 분명 치열한 시간이었을 것이다. 시집에 상재한 '한'에서도 미학적인 섬세함을 삶으로 연결시키고 정신의 성찰을 시도하고 계시다. 성찰이란 돌이켜봄, 바라봄, 나를 쳐다봄이 아닌가? 육신의 상처가 아닌 정신의 상처를 오래 바라보는 사람, 그런 분이 박경리 선생님이셨다.

항아리를 깨고 싶다

둥그런 산등성이 밑에서 항아리 굽는 것을 본다.

집안 구석구석까지 들쭉날쭉한 항아리들 가득하다.

어떤 것은 어른 덩치도 감쪽같이 숨길만하다.

땟국에 절어 지난한 세월을 말해주는 놈도 있다.

여기저기 항아리마다 고여 있는 냄새를 맡는다.

오래된 숙주 같은 항아리는 가슴을 뛰게 한다.

부지불식간 들고 있던 항아리 뚜껑을 떨어트린다.

화들짝 놀란 욕망이 살아난다. 이렇게 단순한 것은

아니었다. 좀 더 과격하고 좀 더 폭력적으로

항아리를 깨고 싶었다. 돌팔매질로 몸통을 맞히거나,

반짝반짝 빛나는 정갈한 곡선을 충동적으로

깨트려 보는 것 아니다. 용솟음치는 기운을 분출시켜

어릴 적부터 나를 감싸고 있는 항아리, 옹관 같은

항아리의 몸통을 박살내고 싶은 것이다. 잠잠히

제 몸의 울음을 우는 항아리의 깊은숨에 잠긴다.

때론 알 수 없는 그 막막한 숨결에 취한다.

몸을 뒤채며 웅얼웅얼 몽환적인 옹알이를 하다가

김광기

1959년 충남 부여 출생. 아주대 대학원 국문과 박사 과정. 1999년 『월간문학』 등단. 시집 『세상에는 많은 사람들이 살고』 『곱사춤』 『호두껍질』.

나를 잉태한 것이 항아리였다는 소리를 듣는다.

생은 애초부터 영혼을 감싸고 생성되는 것인지, 단지 세포가 증식되어 생명이 붙기 시작하는 것인지, 가끔은 생의 출발이 궁금해지기도 한다. 시간을 돌이키면서 그렇게 존재의 의미를 확인받고 있는데, 시간은 돌고 돌아 삶의 현재에서 유추된 전생이 지금 여기에 머무르고 있다. 앞뒤로 흔들리며 길항하고 있는 것이다.

항아리는 무엇인가? 다른 세계의 사람들은 모를 이 항아리라는 질그릇은 한국인들에게 어떤 것이었는가? 간장과 된장과 고추장을 담던 그것들. 햇빛을 받기 위해 높거나 외진 곳에 올망졸망 키재기하고 있던 둥그스름한 공간들.

어허! 시인은 그 둥그스름한 그릇을 '나를 잉태한 것'이었다고 고백하고 있는 것이다. '오래된 숙주 같은 것'이라고 하고 있는 것이다. 그런데 깨고 싶었단다. 반짝반짝 빛나는 정갈한 곡선을 깨고 싶었단다. 항아리를. 항아리를.

누군들 그러하지 않은가. 숙주로부터 자기를 잉태한 것으로부터 멀리 떠나가 자기 또한 숙주가 되고 잉태하는 것이 되는 것은.

© photo by KWAKJAEYOUNG

가슴에 묻은 김치국물

점심으로 라면을 먹다
모처럼만에 입은 흰 와이셔츠
가슴팍에 김치국물이 묻었다.

난처하게 그걸 잠시
들여다보고 있노라니
평소에 소원하던 사람이
꾸벅 인사를 하고 간다

김치국물을 보느라 숙인 고개를
인사로 알았던 모양

살다보면 김치국물이 다 가슴을 들여다보게 하는구나
오만하게 곧추선 머리를 푹 숙이게 하는구나

사람이 좀 허술해 보이면 어떠냐
가끔은 민망한 김치 국물 한두 방울쯤
가슴에 슬쩍 묻혀나 볼 일이다.

손택수

1998년 한국일보 신춘문예 당선. 시집 『호랑이 발자국』 『목련 전차』.

양복을 입고 흰 와이셔츠에 김치국물이 한 방울 튀겨 구김살을 나눌 때가 있다. 잘못은 내가 하고 김치국물에 욕을 한다. 부글부글 끓어나가는 김치국물의 진실은 일상으로 항상 밀려 있기 마련이다. 김치에는 양념도 있고 파도 있고 생강도 있다. 먹다 남은 것은 분리수거로 비닐에 쌓여 배설구처럼 떠난다. 시의 맥은 아무래도 "가슴에 슬쩍 묻혀나 볼 일이다"의 조사 '나'…'묻혀도' 혹은 '묻혀' 라고 해도 될 것을 굳이 '묻혀나' 라고 한 것은 타자와의 소통이 그만큼 힘들다는 것을 설파하고 있다. 어떤 깨달음의 경지에서 울림을 주려는 시인의 교훈적 기능을 내놓으면서도 자꾸자꾸 고개숙여 전설을 만들게 한다. 삭막한 시대에서 실수란 무엇일까… 타인의 입장과 내 입장을 소통하는 데는 여간 어려운게 아니다 공동체의 사랑을 가슴 속에 울컥 쏟아지는 목소리로 아픈 눈물을 닦아주는 것처럼 오늘은 김치국물을 위무해 볼 일이다.

果園에는

숫구치는 생명의 환희
너는 그렇게 온다 연초록 물결
무슨 말할 듯 말 듯 못다한 이야기 담아
달궈진 여름 햇살 삼키며 과일로 돋아난다.

듬뿍 와 앉은 따가운 햇살
제 몸 태우며 손들고 일어서서
너는 그렇게 온다.
가지에 매달린 아픔 다한 과일
끊임없이 두근거리며 대박을 꿈꾸는
속살 뜨거운 열정으로
저마다 표정이 뜨겁다.

가지마다 살며시 피운 웃음꽃
어깨가 출렁인다.
햇살 덮고 잠들던 과일
중얼거린다 흥얼거린다
果園둘레가 환하다.

김훈동

『시문학』 등단. 시집 『억새꽃』 『우심』.

　시인이 기다리는 것은 빛의 수직에서 정원에 심은 풍성한 마음이다. 꿈과 희망이 없다면 그것은 살아 있는 게 아니다. 절차와 규정의 논리가 무시되고 때에 따라 해석되는 정치판들의 이해관계가 엽기적으로 내몰린다. 소리낼 수밖에 없는 아우성은 그 나름대로 설득력이 있다. 생명의 환희로 일어서는 자연의 호흡도 시인 앞에서는 모두 새롭게 느껴지는 아침단상과 같은 것이다. 어느 날 뒤안길을 걸으며, 시인의 삶들이 성찰 앞에 놓이는 것은 시인뿐이겠는가, 금빛 은빛 사람들 사이에서 냉정하고 분열하면서, 그래도 봄은 아직 아름답다. 각박한 세상을 마주하면서도 따뜻한 훈기를 잃지 않게 하는 마음 속 근원적인 순수한 시심의 열망에 애정이 간다. 하루를 살더라도 평화롭게, 이틀 사흘을 살더라도, 온 세상이 평화롭게 살자고 사람들은 말한다.

그대가 두 손으로 국수사발을
들어올릴 때

하루일 끝마치고
황혼 속에 마주 앉은 일일 노동자
그대 앞에 막 나온 국수 한 사발
그 김 모락모락 말아 올릴 때

남도 해 지는 마을
저녁연기 하늘에 드높이 울리듯
두 손으로 국수사발을 들어 올릴 때

무량하여라
청빈한 밥그릇의 고용함이여
단순한 순명의 너그러움이여
탁배기 한 잔에 어스름이 살을 풀고
목메인 달빛이 문앞에 드넓다

고정희

1948년 해남 출생. 1975년 『현대문학』 등단. 『누가 홀로 술틀을 밟고 있는가』 『여성 해방 출사표』 『눈물꽃』 『아름다운 사람 하나』 등.

고정희 시인은 전남 해남 출생으로 내 고향의 집 뜰이다. 시인이 지리산에서 생을 마감하고 고향 산자락 아래 홀로 남은 그의 서재는 지금도 많은 시인들이 발걸음을 재촉한다. 저녁의 뒷모습은 얼마나 아름다운가, 황혼의 어떤 시각, 높은 하늘 한가운데에서 둥근달이 떠오르고 국수사발을 들어 마시고 있는 한 사람. 세상의 모든 밥은 목매인 사람들의 순수한 생명들로 가슴을 적신다. 우리는 언젠가부터 사람을 잃고 사랑을 잃고 산다. 무슨 연유인가? 잠시 지나간 일들로 허덕이면서도 우리네 밥그릇들의 경전을 살펴보자 그렇게 저무는 하늘에 물어보자, 그 빛나는 놋주발들을 음미하는 순간! 우리는 경건해진다. 시편에 누워 있는 것들이 사념들로 일깨워질 것이다. 어려움 많은 하루를 이겨 내보자 흔들려도, 당신은 꽃이다. 탁배기에 담은 한 잔은 우리들의 삶이요 눈물이다.

단추를 채우며

단추를 채워보니 알겠다

세상이 잘 채워지지 않는다는 걸

단추를 채우는 일이

단추만의 일이 아니라는 걸

단추를 채워보니 알겠다

잘못 채운 첫 단추, 첫 연애 첫 결혼 첫 실패

누구에겐가 잘못하고 절하는 밤

잘못 채운 단추가 잘못을 깨운다

그래, 그래 산다는 건

옷에 매달린 단추의 구멍찾기 같은 것이야

단추를 채워보니 알겠다

단추도 잘못 채워지기 쉽다는 걸

옷 한 벌 입기도 힘들다는 걸

천양희

1942년 부산 출생. 1965년 『현대문학』 등단. 시집 『마음의 수수밭』 『오래된 골목』 『사람 그리운 도시』 등. 소월시문학상, 현대문학상, 공초문학상 수상.

단추라는 시는 교시적 기능으로 내게 충격을 안겨준 시다. 잘못된 단추 하나가 질서를 파괴하고 삶을 헝클어 일어나질 못하게 한다. 첫 단추가 마지막까지 실패로 이어지는 것이 단추라는 운명으로 해석될 수 있지만 단추의 행방은 오래도록 방황을 일으킨다. 달랑달랑 메어 있는 단추의 외로움, 그 달랑 메어 있는 단추는 공간을 주기도 하고 기회를 주기도 한다. 이제는 좀 더 실패하지 않아야지… 이젠 좀 멋있게 살아봐야지, 이젠 사업도 되겠지… 인생 뭐! 있냐구? 소리쳐도 단추의 끈은 단단해야만 한다. 우리는 도회의 삶들에 시간가는 줄도 모르고 허덕일 수밖에 없다. 길이 없으면 길을 만들면서 긍정적인 생각과 의지로 힘겨운 현실을 이겨낸다고 하지만, 처음 시작한 일들이 단단한 매듭에서 풀리면 그 다음은 더 쉽게 풀리는 법이다. 희망이라는 것, 오늘보다는 내일을 밝게 만들어 가야 하는데 첫 행방을 놓치면 모든 것을 잃을 수밖에 없다.

민들레

영문도 모르는 눈망울들이
에미 애비도 모르는 고아들이
담벼락 밑에 쪼르르 앉아 있다

애가 애를 배기 좋은 봄날
햇빛 한줌씩 먹은 계집아이들이
입덧을 하고 있다

한 순간에 백발이 되어버릴
철없는 엄마들이

정병근

1962년 경북 경주 출생. 1988년 『불교문학』 등단. 시집 『오래 전에 죽은 적이 있다』 『번개를 치다』.

　민들레라는 하나만으로 한정할 이유는 없을 것이다. 새로운 봄은 누구에게나 신선하며 새롭기 때문에 많은 사람들이 새롭게 찾아온다. 시인의 통찰력 있는 비유가 있다면 "한 순간에 백발이 되어버릴/철없는 엄마들"을 직감하는 순간이다. 좌절과 불화의 언어가 가득한 작금의 현실 속에서 교감과 소통의 감각을 환기시키는 민들레 같은 서정시는 가장 내밀하고 개인적인 밀실인 동시에 가장 널리 공감과 울림을 형성하는 탄력적인 지대일 것이다. 시인은 관조적이지만 이 세상의 거친 풍파 속에 잉태한 생명력에 더 바람을 넣어주고 있는지 모른다. 한 순간 백발이 되기도 전에 주검으로 막차여행을 매순간 떠나는 이들이 얼마나 많은가, 오늘은 민들레의 숲을 만들어보자. 퍼내어도 퍼내도 마르지 않는 향기를 사람들의 가슴에 아름답게 심어주었으면 좋겠다. 조금은 우울하고 슬프면서도 민들레의 봄은 천진난만하다.

캄보디아 저녁

천 년을 산 나비 한 마리가
내 손에 지친 몸을 앉힌다.
천 년 전 앙코르와트에서
내 손이 바로 꽃이었다는 것을
나비는 어떻게 알아보았을까.

그해에 내가 말없이 그대를 떠났듯
내 몸 안에 사는 방랑자 하나
손 놓고 깊은 노을 속으로 다시 떠난다.
뜨겁고 무성하고 가난한 나라에서
뒤뜰로만 돌아다니는 노란 나비.

흙으로 삭아가는 저 큰 돌까지
늙어 그늘진 내 과거였다니!
이제 무엇을 또 어쩌자고
노을은 날개를 접으면서
자꾸 내 잠을 깨우고 있는가.

마종기

1939년 출생. 1960년 『현대문학』 등단. 시집 『조용한 개선』 『두 번째 겨울』 『안 보이는 사랑의 나라』
『이슬의 눈』 『그 나라 하늘빛』 『새들의 꿈에서는 나무 냄새가 난다』 『우리는 서로 부르고 있는 것일까』
등. 한국문학작가상, 편운문학상, 이산문학상, 동서문학상, 현대문학상 등 수상.

　캄보디아 유적지의 밤은 깊다. 그래서 밤 깊은 캄보디아는 시인을 상념으로 돌아보게 하기도 하고, 낯선 이방인의 추억을 되새기며 자신을 위로한다. 이국의 땅에서 의술로 살아온 이력에 나비 한 마리처럼 앞만 보고 걸어온 시인의 단상은 시간의 여로 속에 놓인 시인의 밤은 한국의 시간과 또 다르게 만난다. "나비 한 마리"는 천년을 살았던 시간으로 올라가면 나비가 찾았던 꽃이다. 과거와 현재의 시간 속에서 시인이 바라본 것은 이별이다. 그러나 이별 속에 아픈 시련은 일순간일 뿐이고, 늙어 그늘진 과거라는 것을 성찰하고 발견함으로써 다시 상처의 자리로 회상한다. 유적지 저녁은 깊지만 시인의 존재의 근원의 자리는 머물고 있을 뿐 뼈아픈 과거로의 경험을 나누며, 밤 깊은 캄보디아의 추억과 이별이되 더 이별이지 않는 깊은 밤들을 끊임없이 반추해본다.

IV

슬프다

이 시간이면
올 사람이 왔겠다 생각하니
슬프다.
갈 사람이 갔겠다 생각해도
슬플 것이다.
(왜 그런지)
그 모오든 완결이
슬프다

정현종

1939년 서울 출생. 연세대학교 철학과 졸업. 1965년 『현대문학』 등단. 시집 『사물의 꿈』 『나는 별아저씨』 『떨어져도 튀는 공처럼』 『사랑할 시간이 많지 않다』 『한 꽃송이』 『세상의 나무들』 『갈증이며 샘물인』. 한국문학작가상, 연암문학상, 현대문학상, 이산문학상, 대산문학상 등 수상.

살아가면서 사랑하다, 외롭다, 아프다,… 무수한 종결형 의미의 울림들이 사람과 사람 사이에서 심장을 박동으로 치닫게 하지만, 슬프다 라는 말은 사람들이 가장 많이 쓴다. 이런 표현의 여러 가지 이유는 다양할 수 있다. 시인의 시적인 이유와 시간의 완결성에 관한 슬픔이 어떤 구획의 공간을 벗어나지 못한다는 것과 시간의 바깥으로 "그 모오든 완결"을 넘어서지 못한다는 것, 다시 말해 그 끝의 순간들을 넘어 사랑할 수 없다는 상념들을 전해줄 수 있겠다. 시인의 사념 대상이 사랑이든 사람이든 길을 나서며 만나고 갈등하는 일부터 우리는 슬픔에 여운을 잡고, 또 반복하면서 슬프다 라는 연발의 사연으로 많은 날들을 상처로 또 소주잔으로 생의 순간순간의 위기를 흘러 넘기는 일이 다반사이지 않겠는가, 지나온 생을 한 번 돌아보고, 미래를 바라보고, 마음 속에 잠긴 슬픔을 보내고, 희망 없이 절망만 남았던 추억을 되새기며, 오늘은 더 진지한 내일에 희망을 꿈꿔볼 일이다.

사람들 사이에 꽃이 필 때

사람들 사이에 꽃이 필 때
무슨 꽃인들 어떠리
그 꽃이 뿜어내는 빛깔과 향내에 취해
절로 웃음짓거나
저절로 노래하게 된다면

사람들 사이에 나비가 날 때
무슨 나비인들 어떠리
그 나비 춤추며 넘놀며 꿀을 빨 때
가슴에 맺힌 응어리
저절로 풀리게 된다면.

1980년 『심상』 등단. 시집 『대꽃』 『성에꽃』 『사람들 사이에 꽃이 필 때』 『꽃에게 길을 묻는다』 등.

시인은 격변의 시대사를 넘어왔다. 4월은 혁명으로 5월은 광주항쟁으로, 그의 5월은 참 그래서 많은 물음을 남기게 하지만 닫혀주기도 한다. 시인은 소리없는 침묵을 한다. 문창시절 대학교수로 나는 제자로, 그렇게 만났다. 짜장면 같은 글쓰기는 시대를 넘어서도 현재 진행형으로 마찬가지지만 아직도 내 사유의 질서는 고르지 못해 늘 미완성으로 남기 일쑤다. 상품화되어가는 이 시대를 살면서 문학관도 크게 바뀌었고 현실감 속에 갇혀 있는 글쓰기는 그저 위로일 뿐이다. "사람들 사이에 꽃이 필 때" 시인은 향기가 나고 사람 냄새가 소통이 된단다. 한의 이중주 갈망은 시인의 한 시대사를 걸어온 것처럼 시인의 작품 저마다 고르지 못한 긴 숨을 연신 내뿜을 수밖에 없다. 나뭇잎은 흙으로 돌아갈 때에야 더욱 경건하고 사람들은 적막한 바람 속에 서서야 비로소 아름답다고 하지 않는가?

봄날, 견인되다

벚꽃 만개한 어느 봄날

딱지 한 장에

맥없이 끌려가는 시동 꺼진 차를 본 적이 있는가,

상여 지나간 자리에 남아 있는 꽃잎처럼

육체의 무게로 부가된 호적에

통째로 바뀌버린 견인안내문만 달랑 남아 있다

불법주차 중인 오늘

예고 없이 도난당하는 나의 길도

세상에 없는 속도로 견인되고 있으리

권성훈

2002년 『문학과의식』 등단.

시인이 봄날에 당면하는 견인된 상황들이 좀 서글퍼 보인다. 흔적 없이 지나가는 것들이 사물의 기인한 일들만 있겠는가, 자고나면 흔적 없이 빠지는 머리카락에 왠 종일 아프다고 했던가, 가진着 만의 사치일 것이다. 질서라는 것, 한계라는 상황의 선상에서 법과 권위의 인간개념이 실종된 지 오래다. 규법 안에서 있어야 하고, 그 틀에서 시계바늘을 염불하며, 하루를 넘기는 일상의 여로에서 시인처럼 분개한 마음을 억누르고 봄날의 단상에 살아온 인생의 길과 살아갈 내일의 희망을 강구하고 있는 것이다. 시인은 견인된 차량의 역동적인 이미지를 통해 사회, 경제적인 어려움을 겪으며 지쳐 있는 사람들을 살펴보고, 생동감 넘치는 삶들의 조각과 파편을 위로하고, 긴 한숨을 자조적인 어조로 담담한 시적구조를 내놓고 있다.

사랑

내 안의 당신이
당신 안의 나를 알게 되었지

소문을 버리고, 병을 잊고
피를 씻는 저녁
창을 때리는 저 음악은 당신이 작곡한 슬픈 노래구나

버릴 수 없다면 아무것도 낳을 수 없는 법
붉은 비에 떨고 있는
당신을, 버린 나는
당신을 가진 나는

밥 짓는 냄새에도 울컥,
입덧을 한다.

김요일

1990년 『세계의문학』 등단. 시집 『붉은 기호등』 등.

　사랑은 풀잎과 같다. 풀잎처럼 시절에 다시 일어나 낯선 어둠을 뚫고 떠나는 것이다. 사랑은 슬픔을 잉태하는 번뇌와 같지만 슬프고 아프더라도 사랑할 수밖에 없는 것이다. 오늘 넘어진 것이 중요한 것이 아니라, 내일 어떻게 일어나느냐가 더 중요하다고 말들 하지 않는가, 시인은 사랑에 대한 많은 이해를 요구하고 있지만 어디 사랑이 그리 쉬운 일이 아니다. 다만, 어려운 길에서 좌절도 겪고, 아픔과 절망을 맞이할 때도 있지만 반성과 사색을 통해서 다시 새로운 마음으로 심기일전해 걷다보면 희망이란 목표가 찾아올 것이고 그 목표를 위해 정신을 투자하는 사유는 더 많이 요구되지 않을까, 사랑의 열병과 같은 이 시의 울음은 어느 해 저문 들판에 아무도 찾아주지 않는 낯선 외로움 같은 사랑이 차곡차곡 전언해주고 있는 것 같다.

이별후愛*

여기서부터 흑점 지펴진 사막이다
애끓는 피의 날들을 걷어내자
태양을 들이킨 자리마다 숨이 탄다.
우리의 연애사는
검붉은 낙타 눈자위를 순례한다
설렐 일도 그럽거나
가파를 일도 없는 천산북로

사막에서의 갈증이란
사람이 떠난 가슴에 매장된 혈이
역류하는 것이다
나는 피를 쏟아버리기 위해
시간이 다 타버린 모래구릉을 건넌다.
우기가 되어도 묽어지지 않는 삭풍을
타르초에 봉인하고

그러니 사랑아, 여기서부터는

2008년 『문학 · 선』 등단.

산목숨으로 내 동맥에 들키지 마라

＊린애가 부른 노래 제목

어느 날 광화문 교보문고를 갔었다. "사랑이여, 건배하자 추락하는 모든 것들과 꽃 피는 모든 것들을 위해 건배!" 추억은 아무래도 혼자 만들 수 있겠지만 둘이 추억을 만들면 곱이 된다. 사랑은 생각하기 나름의 기쁨과 고통을 애잔하게 돌려준다. 어디 사랑 한번 하지 않고 죽은 사람은 없을 것이다. 하지만 사랑을 더 아프게 해두고 떠나간 사람들은 더 많을 것이다. 시인은 사랑이 불멸이다, 라고 노래한다. 기쁠 때도 슬플 때도 함께 부르는 노래가 더 아름다운 꽃을 피운다고 하지 않는가, 가장 아름다운 열매를 위하여 가장 외로운 낙엽을 위하여 오늘을 사랑하게 하소서, 삶이란 나 아닌 그 누구에게 연탄 한 장 되는 것, 이 시는 안도현 시인을 비롯한 많은 시인들의 사랑의 시를 떠올리게 한다. 그렇다 사랑은 불멸이다. 배고픔보다 더, 아픔보다 참을 수 없는 것은 사랑이다.

전생(全生)의 모습

작년에 자란 갈대
새로 자란 갈대 사이에 끼여 있다

작년에 자란 갈대
껍질이 벗기고
꺾일 때까지
삭을 때가지
새로 자라는 갈대

전생의 기억이 떠오를 때까지
곁에 있어주는 전생의 모습

1965년 충남 홍성 출생. 1990년 한국일보 신춘문예 등단. 시집 『먼지의 집』 『붉은 열매를 가진 적이 있다』 『나를 위해 울어주는 버드나무』 『아픈 곳에 자꾸 손이 간다』 『꽃 막대기와 꽃뱀과 소녀와』 『그림자를 마신다』 『너는 어디에도 없고 언제나 있다』.

전생의 기억에 이생의 것들을 생각한다. 이 시간이 지나고 저 생의 시간이 찾아오지도 않겠지만 새로 자란 갈대처럼 새롭게 남아 있는 것에 시인은 단상을 내리고 있다. 새로움의 시작들은 낡고 병든 것과 대조하지 않더라도 이 세상에 남아 있는 것들과 사라지는 것 사이에서 잡아주지도 놓아주지도 못한 일들이 얼마나 많은가. 전생의 다음으로 이생이 오는 것은 분명 아닐지라도 우리가 살아가면서 버리고 살아가는 지혜의 샘들은 순간의 판단에서 기인하지 않더라도 더 많은 것을 채울 수 있다. 길섶의 풀 한 포기도, 들판에 핀 잡초 하나도 긍정의 시선으로 지켜봐주면 더 아름답게 보인다. 굴곡의 시절을 현재진행형으로 살아온 일들과 살아가는 동안, 작은 갈대 하나라도 쉽게 생각하고 판단을 내려서는 안 되겠다. 이생에서 공기를 마시는 날까지 모두가 사랑하며 살아갔으면 좋겠다.

영희를 보내며

그대가 어느 봄날
나에게 그려준
순정만화의 주인공처럼
맑게 밝게 순결하게 살아온 영희

수녀님의 축시를 받기 위해
결혼을 할까보다 하고
웃으며 고백했던 영희

잘 가 영희야,
그리고 사랑해
나직이 말하는 나의 곁에
어느새
꽃을 든 천사로
꽃을 뿌리는 영희

오늘은 영희를 생각하며

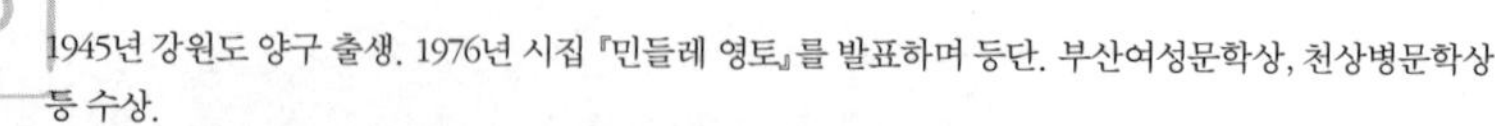

1945년 강원도 양구 출생. 1976년 시집 『민들레 영토』를 발표하며 등단. 부산여성문학상, 천상병문학상 등 수상.

바닷가에 나가
영희의 세례명인
마리아를 크게 부르겠어요

수평선에 눈을 씻으며
늘 푸른 엄마 성모님께
영희를 잘 부탁한다고 기도할게요
이 세상에 영희를 닮은
희망의 사람들이 더 많아져서
아름다운 세상이 올 수 있도록
영희와 함께 기도할게요, 안녕

　　암투병 중인 이해인 수녀가 최근 암으로 세상을 떠난 故 장영희 서강대 교수에 대한 애도시다. 시인은 아름다운 삶을 살다간 슬픔을 전하고 있다. 장 교수는 두 발과 오른쪽 팔이 마비된 소아마비 1급 장애를 딛고 일어선 수필가, 문장가로 『문학의 숲을 거닐다』 『내 생애 단 한번』 등 에세이집을 통해 독자들에게 희망을 안겨준 작가였다. 아포리즘으로, 소박한 칼럼으로, 독자와 소외된 이웃들과 나눈 장 교수의 삶은 잃어버린 따스함을 일깨워 힘겨운 장애를 씩씩하게 딛고 일어선 영문학자로 많은 독자들을 성찰하게 했다. 루카치는 길은 끝났지만 여행은 다시 시작된다고 했다. 길을 나서는 순간부터 여행은 시작의 발걸음이다. 위대한 영혼을 잃고 방황하는 거리는 생명의 모래 한 알의 씨앗이 사라진 아픔처럼 마르지 않는 눈물의 샘을 닦아내어야 한다. 이 세상 모든 것들은 지나가고, 기쁨도, 슬픔도, 고통도 소멸하고 만다.

박 병 두 詩 산 책 착 한 사 람 을 보 면 눈 물 이 난 다

모과나무

우리 회사 앞에

모과나무 한 그루가 있다

그 나무에는

열매가 익기 전에

따먹지 말라는 푯말이 걸려 있다

모과 열매를 따먹는

사람이 있긴 있나 보다

못 생기고 누가 몇 백 번을

주물렀다 폈다 하면서 구겨놓은 열매

어디서나 다 보이게 얼굴은 왜 그렇게 큰지

신문지를 덮어두고 싶은

나도 시집을 내면 시집 앞에

제목 대신에 시가 익을 때까지

읽지 마세요, 라고

적어 놓아야겠다

내가 몇 백 번 주물렀다 폈다 해놓은

내 모과들

서수찬

1989년 『노동해방문학』 등단. 시집 『시금치 학교』.

　넘어지고, 부서지고, 깨어지면서도 우리는 내일을 향한 발걸음으로 오늘을 재촉한다. 바로 이게 인생 여행이기 때문이다. 가는 길은 늘 굴곡으로 평탄하지 못하고, 때론 눈 내리고 비바람도 마서가며, 종잡을 수 없는 생의 길들이 그저 물결에 휩쓸려 종착지도 없이 휩쓸려 가고 있는 것은 아닌가, 사뭇 불안하다. 아주 멀리서 불어오는 바람에게 전하는 말은 사치 같기도 하지만 바람에게 편지 쓰는 사연이, 이 시로 다가온다면 더 멀리서 불어오는 바람의 사연을 잊지 말아야 한다. 누군가 내 곁에 단단히 서 있어 준다면 위로가 되고 동력이 된다는 것을 후회 후에 오는 성찰의 원형은 더 크게 느낄 수밖에 없다. 행복 하나를 만들어가는 일들, 모두가 진정한 용기를 필요로 한다. 뜸 들여야 먹는다는 것은 지혜다. 성급한 시절 이 시 한편이 우리를 잠깐 멈추어 한숨 돌리게 한다.

밤길

맞은편에서 전속력으로 달려오는 그대 눈빛이
너무 환하다

중앙선이 보이질 않는다.

이경림
1989년 『문학과비평』 등단. 시집 『토씨찾기』 『그곳에도 사거리는 있다』 『시절하나 온다, 잡아먹자』 『상
자들』.

　어두운 밤길을 걸어본 적 있는가, 누구나 어두운 밤길을 걷는 일은 추억이기도 하겠지만 시인은 지금 밤길을 운전하고 있다. 차들의 속력이 아슬아슬한 느낌이다. 무서움과 두려움의 전율은 별반 차이가 아니지만 누구나 한번 어두운 터널을 빠져나오고 보면 그것이 바로 생이 아닌가 하는 생각이 든다. 중앙선이라는 한계, 우리는 한계를 그어놓고 이탈해서는 안 된다는 것을 알면서 이탈하고 사는 게 인생이다. 용서와 사랑으로 넘어가는 시절이 지났나보다. 삶에서 오는 이 짧은 시의 매력은 포착하는 순간보다 선명한 그림들이 연신 지나고 있기 때문이다. 우리 삶에 따스함은 무엇이고, 사랑은 무엇인가, 긴 터널이 아닐지라도 짧은 터널 속에 갇힌 자화상을 보라 미워하고, 시기하고, 음해하는 못난 사람들의 슬픔이 아니겠는가.

月國行

내가 죽으면
월세계에 묻어 달라.

별 없는 밤 그대
가슴에 만월로 뜨리다.

나 이 세상 떠나거든

은하수 건너
월세계로 보내 달라.

임병호

경기 수원 출생. 1964년 〈화홍시단〉 〈시향〉 동인으로 작품 활동 시작. 시집 『환생』 『神의 거주지』 『금당리』 『자화상』 『단풍제』 등. 수원시문화상, 경기예술대상, 한국예총예술문화상, 한국문인상 등 수상.

인정 많은 시인이다. 천상병 시인처럼 착한 사람이다. 시인
이 왜 이런 슬픈 시를 쓰고 있는 것일까. 이 세상 짐을 다 지고
가는 것은 아닌데 왜 시인은 밑으로, 밑으로, 달리는 것일까.
시로 보면 이상 징후를 감지하게 되는데 사뭇 불안하다, 못해
한숨이 절로 난다. 사람 사는 이승에서 삶이 끝나면 사랑하는
사람의 가슴에, 또는 그 사람 영혼의 언덕에 묻히고 싶다며 노
래한다. 시인이 죽으면 월세계에 묻혀 어두운 밤 세상을 밝혀
주고 싶다고, 월세계로 보내 달라고 한다. 만월에 풀지 못한 사
연이 있다면 그것은 사랑이다. 이 사랑을 사무치도록 풀어내지
못한 연유는 도대체 어디에서 기인한 것일까, 시인에게 따뜻한
사랑의 바람이 오늘은 오래도록 불어주었으면 좋겠다. 故 노
무현 대통령의 모습들이 가슴 속에서 떠나지 않는다. 당신의
마음을 애틋이 사랑하듯 우리가 사는 세상을 용서하고 화해하
며 진정한 사랑을 함께 만들어보자.

파꽃

파 속을 파먹는 건 꽃 속의 씨앗들인가

파 속을 먹으면 먹을수록 땅 밑부터

껍질에 힘줄이 생긴다. 뼈가 박힌다.

제 목을 굽혀본 적 없는 파꽃

남에게 씨앗은 될지언정

단 한 번도 식탁에 오르지 못한 파꽃

모가지를 꺾고 나서야

곁줄기들 속이 부드러워지는 것이다

그렇게 굽힐 줄 알아야 옆자리가 몰랑몰랑해진다

손창기

1967년 경북 군위 출생. 2003년 『현대시학』 등단. 시집 『달팽이 聖者』.

　문득 이 시를 접하면서 프랑스 피에르 신부의 말이 떠오른다. 우리가 살아가는 오늘의 시간은 사랑을 나누기 위한 얼마간의 주어진 시간일 뿐이라고 했던가. 시인은 지금 친절함을 나누고 있다. 친절은 무엇인가 상대에 대한 예의일 것이다. 상대에 대해 관심 가져주고, 배려해주며, 사랑하는 일이 친절이라고 할 때, 우리 삶의 가치는 신부님의 말처럼 사랑을 나누기 위한 소중한 시간들로 연명하고 있는 것이다. 시인이 말한 씨앗은 끝없는 배려다. 작은 씨앗 하나에서 큰 숲이 시작되듯 시인의 이 배려는 또 하나의 꿈의 시작이다. 그 누구에게 달콤한 선택을 받지 못해도 자신만의 세계 속에 끝끝내 남아 생명의 물줄기를 고르게 된다. 아직 미안하다고, 사랑한다고, 고맙다고 말 못한 일 있는가, 더 늦기 전에 아직 생명의 시간이 남아 있을 때, 놓치지 말고 살며시 어깨를 쳐 볼 일이다.

학암포의 밤

그믐밤 가르며 초생달 뜨면

학암포 바다 위에도 소리 없이
달이 내립니다.

밀려 왔다 밀려 가는
학암포의 파도소리

모닥불 사이에 두고
정 흐르는 술잔
기울이며

구성진 옛노래 한 곡조에
마음부터 부서지는 내가 있습니다.

마주하는 정다운 얼굴들의
잔잔한 미소 속에

조규훈

1950년 충남 태안 출생. 한세대학교 졸업. 2001년 『문예한국』 등단. 수필집 『사람들은 그렇게 살고 있었네』 등. 한국문인협회 회원. 경기경찰청 재직.

또 하나 지지 않는 달이 뜹니다.

　　학암포는 시인의 고향 충남 태안이다. 시적 구성을 서정으로 노래한 이 시는 봄날 밤 파도의 절벽에 서로 엉겨 누워 봄바람의 흐린 날의 풍경 안을 정겹게 그리고 있다. 달의 뜨거움 아래 모닥불이라도 피우고, 잘 난놈 못난 놈 할 것 없이, 지고지순한 삶들을 마주 쳐다보며 세월을 읽는 주름살 살피기에 바쁘다. 수구초심(首丘初心)이라 했던가? 주검을 생각하면 고향의 추억 속은 기쁨보다는 허탈감에 마음은 이미 부자가 된다. 주어진 자리에서 최선을 다했던 친구들, 소박하면서도 진솔한 아름다움을 서로 마주하며 깨달은 성실한 친구들은 누구보담도 보통 사람들처럼 격려와 존경을 받을 만하다고 시인은 노래한다. 이런 친구들과 술잔 속에 정 하나를 떼어놓질 못하고 시인은 헤어질 염려를 순환하면서 밤을 보내는 순간보다는 이렇게 그리움 많은 친구들과 별리하는 서정의 아쉬움들이 쌓여, 시인의 따뜻한 가슴을 만져주고 싶다.

사람의 동네

새벽 창 밖의 어둠 속으로

가로등 불빛이 포도알처럼 흩어져 있다

초저녁보다 훨씬 정숙해지고

무거워진 어둠을 뚫고

불빛은 두텁고 축축해져 있다

배경이 짙어질수록

스스로의 무게로 고개 숙이는

가로등 불빛을 품고 있는

사람의 동네가 가을 과수원 같다

조창환

1973년 『현대시학』 등단. 시집 『라자로 마을의 새벽』 『파랑눈썹』 『피보다 붉은 오후』 『수도원 가는 길』 등. 한국시인협회상, 한국가톨릭문학상 등 수상. 아주대 인문대 교수.

　　조창환 시인은 아주대 국문학과 시절 내 지도교수였다. 어린 애 같은 순박함이 어느 누구라도 마음 열고 아낌없이 주고 싶어 했던 시인은, 어둠과 달빛에 내놓은 과수원 밭의 심상을 천진스러움으로 가득 응시하고 있다. 저마다 사람들에게는 생의 무게와 멍애 하나는 짊어지고 걸어간다. 감기에 걸린 사람, 천 원짜리 종이 지폐가 없어 시장에 서성이다 돌아가는 사람, 모두들 사랑으로 응시하고 있다. 시간이 흐를수록 아픔의 자리도, 슬픔의 자리도, 지나가기 마련이다. 고은 시인은 강설조창환 시에서 떠난 사람들 모두 돌아와 다함께 눈을 맞자, 눈 맞으며 사랑하자고 했다. 사람 사는 동네에 이별의 정한과 슬픔은 다반사다. 세상을 아름답게 정화하는 '눈'을 통해 분열된 마음의 화해를 나누는 뜻이지만 시인의 눈에는 사람 사는 세상이 과수원 같다고 노래하며, 모두가 역경을 이겨내고 용기를 북돋아 주는 일도 다름 아닌 사람들의 몫이라고 하지 않는가.

산꿩 소리

누가 죽어서 저 들판의 대머리 벗기며
묵묵히 공허가 되어 와 섰느냐

이제 이 세상에서 자네의 꿈은
저 들보리 밭에 우는 산꿩 소리에나
남아서 꿔구엉 꿔구엉
제 속을 제 속의 멍을
속속들이 다 뒤집어 허공에 허옇게 주느니

허공에 허옇게 들린 산꿩 소리나
받아 들고 누가 묵묵히
공허가 되어 와 섰느냐

홍신선

1965년 『시문학』 등단. 시집 『홍신선 시전집』 『자화상을 위하여』 『황사바람 속에서』 『서벽당집』 등. 한국시협상, 현대문학상 등 수상.

시인의 고향은 화성시 동탄 석우리, 시인은 이곳에서 아버님을 모시고 수원대와 모교인 동국대을 오가며 애틋한 고향을 그렸다. 치매에 오랫동안 고생하시는 부친의 모습들을 편지에 담아 시를 쓰고 수발하는 노모의 애잔한 그리움들을 작품에 담았다. 도로변에서 집까지의 거리는 1킬로미터, 시인은 산 숲을 지나 동네어귀를 돌면 문밖에서 철부지 어린애처럼 홍교수를 기다리는 부친의 인사를 받는다. 그런 어느 날 부친은 아들보고 누구냐고 묻는다. 지금은 신도시로 흔적조차 사라진 석우리 마을, 노작문학상 시상식 때, 해맑은 웃음으로 시편을 응시한다. 꿩소리와 치매에 잃어버린 아버님의 겨울날 눈밭에서 추위를 보낸 아버님의 모습에 눈시울을 던진 시인의 가슴들이 회억으로 몰려든다. "바람에게도 길은 있다 나는 비로소 나의 길을 가느니 길은 언제나 어디에나 있다"며, 천상병 시인은 노래했다.

판구조론의 즐거움

지구 표면인 지각은 열 개 정도

단단한 판으로 구성되어 있다

판들은 세 가지 유형의 운동을 한다

판 하나가 다른 판 밑으로 파고들거나

판들끼리 서로 미끄러져 지나가거나

아예 판과 판들이 서로 멀어진다

이렇게 판들이 분리되거나 흩어지면

그 틈새로 뜨거운 물질이 올라와 굳어져

새 지각을 구성한다, 그러나

지구 크기는 항상 똑같기 때문에

새 지각이 형성되면 균형을 맞추려고

판 몇 개가 하나로 모이면서

다른 곳에 있는 지각이 제거된다

모인 판 위에 넓은 평원이 있다면

판 두 개가 충돌한 경계선은

위로 솟아 높은 산줄기를 형성한다

지구의 평등을 증명하기 위해

채풍묵

1999년 『문학사상』 등단. 시집 『멧돼지』.

산이 치솟았다는 이 즐거운 이론

좌충우돌하면서 시간의 고개를 넘어서며 지나온 것들이 얼마나 많은가. 우리네 세상은 자꾸 삭막해진다. 경쟁과 빠른 정보의 속도가 미덕으로 여겨지는 이 시대의 삶은 따뜻한 인간애의 소통은 찾아볼 수 없다. 어떤 토의도 문제가 되는 상황에 대하여 자신의 입장을 설명하고, 또 설득하며 동의하면서 나아가서는 자신과 다른 의견을 좀 더 내밀하게 경청하고, 그 입장으로 돌아가 설명을 듣고 새로운 사실에 대한 평온한 마음으로 접하고 옳다는 일에 수정하고, 반대했던 의견과 입장으로 돌아서고, 새로운 결정을 내리는 과정이 사물과 사물 사이에서 공존하는 것은 시인이 말하고자 하는 다른 가치가 있을 것이다. 삶의 순간은 이 시에서 오는 것처럼 우연히 얼어 붙었던 가슴을 녹이고, 소중한 밑거름으로 다름 아닌 사랑과 평등으로 가는 모든 길은 아름답다, 라고 던져주는 시인의 마음이 고맙다.